レトロ喫茶の淑女たち

霧原一輝

双葉文庫

目次

レトロ喫茶の淑女たち

第一章　初恋の女神降臨

1

阿《あ》川《がわ》恭《きょう》一郎《いちろう》は特製スピーカーから流れる、ユーミンの『中央フリーウェイ』を聴きながら、面接に来る女性を待っていた。

（人を雇う気などなかったのに……面倒だよな）

恭一郎は、テーブルを拭いていた手を止めて、椅子にどっかりと腰をおろす。

それから、ひとつ大きな溜め息をつく。

元々が両親の店で、それを受け継いでいた知人が店をつづけられなくなり、自分にお鉢がまわってきた。

阿川恭一郎は現在六十九歳。東京で建築家として、設計と施工の管理を長い間、生業《なりわい》としてきた。

後世に残るような建物はおそらくないが、家族が住みやすい家は数えきれないほど建ててきた。山あり谷ありの二十五年間だったが、ベストは尽くした。やり残したことはない。もう充分だ。

　四年前、長年連れ添ってきた妻を癌で亡くし、そろそろ東京のマンションを売り払って、実家のある故郷に戻りたいと考えていた。そんなとき、両親がはじめた喫茶店を任していた店主から、『引退したいから、恭一郎さん、やってくれないか』と、声をかけられた。

『喫茶フジ』は、恭一郎が生まれる前年の一九五四年（昭和二十九年）にオープンした。

　昨年、オープン七十周年記念のイベントが行なわれた。恭一郎はそのイベントに招待されていたが、残念ながら、所用があって行けなかった。

　古くなって使い物にならないのなら、潰してもいい……そんな半端な気持ちで故郷に帰って、店に行ってみた。

　ツタのからまる外壁は変わっていなかった。

　店内に入るのは、両親が亡くなった八年前が最後だ。見渡した瞬間、「これは、イケるんじゃないか」と直感した。

　両親は、長年、改装もせずに、メニューも昔のままで喫茶店をつづけてきた。

それをやる気のない前任者が引き継いで、そのままにしておいた。結果、今でいう百点満点の昭和レトロ喫茶店が奇跡的にできあがったのだ。

しばらく使われていなかった店は入った途端に、わずかに黴《かび》っぽい匂いが鼻を突いたが、窓を開け放している間に、それも気にならなくなった。

さらに、店内の放送機器の電源を入れたときに、有線から流れてきた昭和のポップスが、このレトロな造りの喫茶店と相性抜群だとわかった。そのあまりのハマり具合に、恭一郎は不覚にも涙ぐんだ。

その瞬間、恭一郎は喫茶店の主《あるじ》として、のんびりと残りの人生を過ごしていく自分の姿が浮かんだ。

そして、ここでは、ＢＧＭとして常時、昭和の歌を流しておこうと思った。

半年前に東京のマンションを売り払って、故郷に帰ってきた。東京から車で三時間ほどの、あまり注目を浴びることのない高原の観光地だ。しかし、お洒落《しゃれ》なカフェやレストランがあり、駅前にはそれなりの商店街が栄え、リゾートホテルもあって、夏場は避暑地としてかなり混む。

恭一郎は両親が残した実家にひとりで住み、自転車で五分の距離にある喫茶店の改装をはじめた。

建築家であった恭一郎には、リニューアル工事はお手の物で愉《たの》しかった。

古くなって所々すり切れていたソファ椅子の布地を、上質のビロードに貼り替えた。店の看板をお洒落な大正ロマン風のロゴに変えたり、昭和初期の女給の格好をした女子のイラストを竹久夢二《たけひさゆめじ》風に描いたりして、目立つようにした。

店名は『音楽喫茶フジ』とした。

フジはよく見られる名前だが、そのどこにでもある感じがかえっていい。また、『名曲喫茶』とすると、クラシックのイメージが先行してしまって、敷居が高くなると思い、敢えて『音楽喫茶』とした。

いちばん手をかけたのが音響設備で、店内のどこにいても曲がよく聞こえるように、工夫を凝《こ》らした。

本当はレコードをずっとかけておきたかった。クラシックならLPをかけておけばいいのだが、歌謡曲、ポップスではそうもいかず、CDから録音したものを編集して、長時間そのままかけておけるようにした。

たとえば、五つの赤い風船や吉田拓郎《よしだたくろう》をはじめとしたフォークソング、松田聖子《まつだせいこ》や中森明菜《なかもりあきな》をメインとしたアイドルポップス、マヒナスターズなどの昭和ムード歌謡などと、ジャンルで分けた。

もちろん、年代別の名曲ヒット集も作った。

それらを音響設備の良い店内にほどよい大きさで流して、昭和レトロ風内装とともに愉しんでいただく――。

特別にレコードタイムを設けて、その時間は店に置いてある好きなレコードを客が自由にかけられるシステムにした。レコードはコレクターだった父が大量に保管していた。そして、年代物の大きなラッパ型スピーカーの横には『ビクターの犬』を置いた。

第二の人生はのんびりと愉しみたかった。偏ったことに夢中になるのは、避けたかった。もともと自分は物事を突き詰めすぎて、きゅうきゅうとしてしまうタイプであることをわかっていたからだ。

二カ月前――。『音楽喫茶フジ』は新装オープンした。

赤字にならなければいい、という考えだから、まったく宣伝もしなかった。

営業時間は午前十一時から午後五時までで、月曜日と木曜日は定休日。土日に営業するのは、ここが観光地であり、客の需要が見込まれるからだ。

メニューはコーヒーとクリームソーダ、それに、知り合いの牧場が製造している美味しいと評判のプリンが主で、ランチ時だけは、ナポリタンをセットで出している。

細かく切ったウインナーソーセージとタマネギ、ピーマンを加えた、毒々しいほどのケチャップの色をしたナポリタン。これは自分が大学生のときに、大学の近くの喫茶『蘭《らん》』が出していたナポリタンセットを模したものだ。

口の周りが赤くなるほどの大盛りナポリタンと、味が濃く、量も多すぎて途中でミルクを入れて味変《あじへん》しないと飲みきれない、どす黒いコーヒー。喫茶『蘭』でナポリタンセットを頼みながら、建築家を目指す仲間と『俺はこういう家を建てたいんだ』と議論を交わした、今思えば、青臭くて、気恥《きは》ずかしいほどの青春の日々……。

恭一郎はあの店の雰囲気や熱気を『音楽喫茶フジ』で再現したかった。それは仕事というより、趣味や道楽に近かった。

開店してしばらくは、予想どおり客は少なかった。しかし、これでいいと思った。客は常連客の中高年がほとんどで、この客の入りようなら、人を雇わずにやっていける――。

だが、観光でこの地を訪れたギャル風の女性たちが、山盛りのクリームソーダや、ビクターの犬の前でダブルピースをしている写真をSNSに載せてから、周囲がざわつきだした。

どうやら、ＳＮＳに発信したうちの一人が、有名なインフルエンサーだったらしい。それを見た登録者たちが一斉に「いいね！」をつけ、次の週末には若い女の子たちが突如として、押しかけてきたのだ。

『イケてる！　キャー、この蓄音機に耳を傾けているお犬さま、かわいい！』と驚きの喚声《かんせい》をあげる。

また、『昭和よね。何これ、運勢がわかるの？』と、テーブルに設置しておいたルーレット式おみくじ器を見つけるや、百円を自分の星座のところに入れて、まわして引く。若い女の子は出てきたおみくじを見て、『ヤバい。大吉じゃん。あたし、すごくない？』とはしゃぐ……。

結局、彼女たちがまたＳＮＳに投稿して、それを見た人たちが騒ぎ、近くに来た者はかなりの確率で『音楽喫茶フジ』を訪れるようになった。

古くからの常連と、観光客の若い男女が同数くらいになって、恭一郎はとうとう自分だけではやっていけなくなり、ウエイトレスの求人をかけた。

といっても、「ウエイトレス募集中！」と書いたチラシを店の窓に貼っただけなのだが――。

貼った翌日、真っ先に連絡をくれたのが、今から来る予定の池田沙耶香《いけださやか》だ。夜間の美容専門学校に通っていて、昼間にアルバイトをしたいのだという。

『以前、そちらの前を通ったことがあって、外から見て、とてもいい感じのお店でした。先日、求人募集をしているのを知って、これだと思いました。ぜひ、働かせてください』

と、電話ではやる気をみせていた。

閉店して三十分後の五時半になって、出入り口の扉に取り付けられたドアベルが鳴った。振り向くと、若い、すらりとした女性が、開いたドアの前に立ち尽くして、おずおずとこちらを見ていた。

女性にしては長身で、ざっくりとしたレイヤー風の暗い茶色の髪が頬《ほほ》を包み込み、その清楚《せいそ》だが、女の色気を隠した容姿に、一目で魅了された。

コートを脱ぐと、下は亜麻色《あまいろ》のニットで、ジーンズパンツを穿《は》いていた。

「あの……」

「ああ、池田さんですね。どうぞ、こちらに……」

そう笑顔で招き寄せながらも、恭一郎の胸は妙な具合に高まっていた。その原因が自分でもはっきりせず、困った。

第一印象が良すぎた。話を聞く前から、彼女は『合格』だった。

池田沙耶香は勧められるままに正面の椅子に腰かけて、折り畳んだコートを膝《ひざ》の上に置いた。

それから、様子をうかがうようにちらりと恭一郎を見て、視線が合うと、あわてて目を伏せる。

最近の若者にしては、羞《は》じらいがきちんとある珍しいタイプだ。あるいは、人見知りなのか――。

いずれにしろ、はにかむような笑顔が愛らしかった。

その笑顔を見た瞬間、ハッとした。自分がこの子を見て、胸を高鳴らせた理由がわかった気がした。

似ているのだ、葉山万智《はやままち》に……。

もう五十年ほども前のことになる。

阿川恭一郎は葉山万智に人生で初めての恋をした。

二人は同級生で、高校三年の十八歳だった。

勇気を振り絞って告白したところ、万智は『わたしでいいなら』と言った。

そして、高校三年の夏休みに、校舎で万智とキスをし、我慢できなくなった恭一郎は万智と自転車で我が家に向かい、家族が出払っていた自宅で、生まれて初めて女性を抱いた。

万智も初体験だった。

その後、自分の至らなさのせいで二人は別れたのだが、つきあっていた三年間は、今も忘れていない。あれ以上の目眩《めくるめ》く体験は今まで味わうことができなかった。今も、万智には悪い思い出はひとつもない。

もしかしたら、これは何かの宿命なのかもしれない。そうでなければ、地元に帰って募集したウエイトレスに、初恋の女を思わせる者が応募してきたりはしないだろう。

恭一郎は人生の悪戯《いたずら》のようなものを感じながらも、ドキドキ感を覚《さと》られまいと、冷静に対応した。沙耶香に勤めてほしかったからだ。

月曜日と木曜日が休みで、勤務時間は午前十一時から午後五時まで。途中で昼食休憩が入る、と条件を説明して、

「きみも、専門学校との両立は大変だろうから、週何日というふうにしてもらってもかまわないよ。きみが休むときは、誰か他の子を雇うから……」

働いてもらいたいので、そう言ったのだが、

「大丈夫です。その必要はありません」

沙耶香がきっぱりと言った。

目がとても大きくて切れ長で、ありがちな表現だが、恭一郎はその瞳のなかに吸い込まれそうになった。

「五日間、やらせてください。問題ありません」

「だけど、土日なんか、友だちと遊んだり、どこかに行ったりしたいんじゃないの？」

「必要ありません。この店に入った途端にすごく安らぎを感じました。たぶん、このお店と波長が合うんだと思います……それに、月曜と木曜が休みなら、わたしも平日にゆっくりできますから」

「そう言ってもらえると、こちらもありがたいな。ここだけの話だけど、僕は喫茶店をやるのは初めてなんだ。ここは、ずっと両親と知人がやっていた店なんでね」

「そうなんですか。とても、そうは思えません。だって、その白いワイシャツに黒いベストが、すごくお似合いです。とても落ちついていらっしゃるし、この道、何十年のベテランの方にしか見えません」

「いやいや、見せかけだけだよ」

「それだったら、ちょうどいいかもしれません。わたし、じつは前にウエイトレスをしていたので、だから、いろいろと……」

「なるほど。そりゃあ、いい。こちらが教えてもらわなきゃね……ああ、忘れていた。こういう者です」

恭一郎は名刺を取り出して、渡した。

「あがわ……きょういちろう、さん……」

「そう。店の電話と、僕のスマホの番号も書いてあるから、何かあったら、電話して」

「わかりました。じゃあ、働かせていただけるんですね？」

「もちろん。こちらから頼みたいくらいだ……だけど、専門学校のほうは大丈夫なの？」

「はい。夜間部で、午後六時から九時半まで授業と実習で、日曜日だけが休みです。だから、昼間働けることは、ちょうどいいんです」

「でも、毎日それじゃあ疲れるでしょう。疲れが溜まっているときは無理しないで、休んでもいいですよ」

「ふふっ、そんなにやさしくて、従業員に甘い店長は初めてです」

沙耶香が微笑《ほほえ》み、上目《うわめ》づかいで見あげてくる。

「そうか……そうだね。よし、これからは厳しくするよ」

恭一郎が笑って言うと、沙耶香も目尻をさげて、真っ白な歯を見せた。

この子とは気が合いそうだ——。

2

二カ月後の日曜日。店を閉めた恭一郎は、面倒な金の計算をしていた。

最近は、昭和レトロブームのせいか、店がいろいろな媒体《ばいたい》に取り上げられて、とくに休日は、固定客以外に観光客が集まってくるので、目がまわるような忙しさだ。

経験者の沙耶香が上手く客を捌《さば》いてくれて、助かっている。これで店がひろかったりすると、ウエイトレスをもう一人雇わなければいけない。それでは、人件費がかかりすぎる。

思ったより収益があがっているので、早速、時給をあげたら、沙耶香はとても喜んだ。

家族とは離れて、自立してアパートを借りているので、いろいろと費用がかさむようだ。

昼間、六時間働いて、夜間に美容師の実習や講義を受けるのだから、肉体的にも精神的にも相当キツいはずだ。だが、沙耶香はいつも笑顔で、疲れを感じさせない。

美容師への道を邁進《まいしん》する沙耶香の一途《いちず》な頑張りをひしひしと感じて、応援したくなる。だが、ふいに彼女を抱きしめたくなるときがあって、困ってしまう。

それが、沙耶香が初恋の万智を彷彿《ほうふつ》とさせるからなのか、沙耶香の存在自体に惹《ひ》かれているせいなのか、自分でもよくわからない。

いずれにしろ沙耶香は二十歳で、恭一郎は六十九歳。四十九歳も離れているのだから、つきあうのはとても無理だ。

テーブルを拭いていた沙耶香が、こちらを見て、「終わりました」と声をかけてきた。

「ああ、もうあがってください。今週もお世話になりました。ありがとうね」

言うと、沙耶香はにこっとした。

今、沙耶香には『椿屋珈琲《つばきやコーヒー》』の制服である黒い服に白いフリル付きの胸かけ

エプロンに似た制服を着てもらっている。常連さんに、

『沙耶香ちゃんなら、あの制服が絶対似合うよ。肌の露出は少ないし、これなら、本人も喜んで着ると思うけどな』

そうアドバイスをもらって、打診したところ、沙耶香は一目で気に入ったようだった。

それで、知り合いに若干デザインを変えた制服を作ってもらった。

そのレトロな制服も受けが良く、もともと美人であることもあり、多くの若い客が沙耶香と一緒に写真を撮りたがる。

黒いスカートに白い胸かけエプロンをかけた沙耶香が、着替えのためにロッカールームに姿を消した。

精算を終えて、手を洗った恭一郎が、ボックスシートでぐったりしていると、チューリップの『心の旅』が店内に流れた。

この曲はチューリップの通算三枚目のシングルで、一九七三年（昭和四十八年）の四月に発売されている。

一九七二年と七三年はとくに名曲が生まれた年だった。

七二年には、小柳《こやなぎ》ルミ子『瀬戸の花嫁』、吉田拓郎『旅の宿』『結婚しよう

よ』、南沙織《みなみさおり》『純潔』、奥村《おくむら》チヨ『終着駅』、森昌子《もりまさこ》『せんせい』、ペドロ&カプリシャス『別れの朝』、山本リンダ『どうにもとまらない』、あがた森魚《もりお》『赤色エレジー』、上條恒彦《かみじょうつねひこ》&六文銭《ろくもんせん》『出発《たびだち》の歌』と、恭一郎が今でも口ずさむことができる曲が流行している。

　七三年もまたすごい。

ダブルミリオンを記録した宮史朗《みやしろう》とぴんからトリオの『女のみち』『女のねがい』、ガロ『学生街の喫茶店』、ちあきなおみ『喝采《かっさい》』、かぐや姫『神田川』、チューリップ『心の旅』、フィンガー5『個人授業』、麻丘《あさおか》めぐみ『わたしの彼は左きき』、浅田美代子《あさだみよこ》『赤い風船』、チェリッシュ『てんとう虫のサンバ』、アグネスチャン『ひなげしの花』など、様々なジャンルが入り混じりながら、活況を呈している。

　恭一郎がとくにこの二年間で流行《はや》った曲に惹かれるのは、おそらく、この時代に自分が生まれて初めて、恋をしていたからだろう。

　人は恋をすると、自然と音楽に胸を打たれるものらしい。

　じつは、『心の旅』は、葉山万智との思い出が詰まった曲だった。

発売された昭和四十八年の四月は、二人が高校三年生になったときで、前から彼女に惚れていた恭一郎は五月に入って、思い切って告白した。

万智は学業の成績も良く、笑顔が爽《さわ》やかで、男子から人気があった。今考えると、何をしても平均点で特徴がない恭一郎が告白しても「ゴメンなさい」される確率が極めて高い相手だった。

だが、奇跡が起こった。

なぜか、万智は『わたしでよければ……』と、恭一郎を受け入れてくれたのだ。

どうやら、二人がまだ高校に入って間もない頃、恭一郎は万智のピンチを救ったことがあったようで、それ以来、気にかけていたらしいのだ。

ラッキーだった。短期間だったが高校時代はその幸運がつづいた。

だが、二人の進路は異なっていた。

翌年、恭一郎は東京の大学へ行き、万智は京都の大学に進学した。その後も遠距離恋愛をつづけたものの、最後は恭一郎が大学の同級生に手を出したことが原因で、二人は別れざるを得なかった。これ以上は万智を苦しませるだけだと判断し、恭一郎のほうから別れを切り出した。

その間、二人は『心の旅』を聴くたびに、何度涙したことか……。

今も、いきなりのサビである〈今夜だけはきみをだいていたい〉というフレーズが店内に流れると、もういけなかった。

当時の様々な思い出が一挙に押し寄せてきて、胸が詰まった。

(ダメだ。まだ、ひとりになっていない。沙耶香がいる。ダメだ、感傷に溺れては……)

そう自制しようとするものの〈遠く離れてしまえば愛は終わる〉という、姫野《ひめの》達也《たつや》の声が脳裏を満たしたとき、もう我慢できなくなった。

恭一郎は顔を手で覆《おお》って、嗚咽《おえつ》していた。

(六十九歳の男がすることじゃない。恥《は》ずかしすぎるぞ!)

あのとき、恭一郎は実際に、万智をポケットにつめこんで連れ去ればよかったのか。そうしたら、二人は別れないで済んだのだろうか——。

足音が近づいてきて、恭一郎はハッとして顔をあげる。

「大丈夫ですか。どうか、なされましたか?」

沙耶香はシートの隣の床に屈んで、心配そうに恭一郎を見る。

「ゴメン。悪いけど、この曲を止めてくれないか……」

「聴きたくないんですね」

「ああ……」

沙耶香が音を切ってからしばらくして、恭一郎は嗚咽から回復した。

それを見てピンと来たのだろう。沙耶香が隣から声をかけてきた。

「この曲を聴くと、おつらいんですね」

「ああ……つらい時期は、年月を経て思い返すと、感傷的になるみたいだな」

「……ちょっと、お時間いいですか。わたし、今日は学校がないので」

恭一郎がうなずくと、沙耶香はテーブルを挟んで、正面のソファに腰をおろした。タイトフィットの白のリブニットを着て、珍しくチェック模様のミニスカートを穿いていた。その大理石のような太腿《ふともも》は乗せられた手で隠れている。

「今の曲、確か『心の旅』ですよね、チューリップの」

「ああ、そうだ。よく知っているね？」

「もともと、昭和のポップスは好きでした。父が趣味でよく聴いていて」

「……そうか」

「その曲に何か思い出があるんですか？　差しさわりがなかったら、聞かせてください」

「聞きたいか?」

「ええ」

「どうしようかな……」

「聞かせてください。マスターのこと、もっと知りたいんです」

沙耶香の言葉が、恭一郎を促した。

「じつはね、あの曲には僕が初恋をした際の、その、思い出があって……」

と、高校三年のときの出来事を話しはじめた。

高校二年のときに葉山万智という同級生に恋をして、三年生になって告白し、奇跡的に男と女の関係になった。

「ええ、すごい！　高三で初体験ですか?」

「ああ、万智も初めてだったから、お互いにぎこちなくてね……僕の通っていた高校は夏休みになると、校舎を開放するんだ。風が通る涼しい廊下に机を並べて、受験勉強をする。僕も万智も同じ廊下で机を並べていて……それから、二人で校舎の陰で隠れてキスをした。キスはもう何度目かだったけど、あのときはお互いに感情を抑えられなかった。自転車で一緒に、僕の家に向かった。ちょうど、両親や家人が留守だったんだ。学校で勉強するときは制服と決まっていたから、万智が自転車を漕ぐたびにセーラー服のスカートがめくれ、長い髪が風に揺れていたな……家に着いて、僕の部屋で初めて関係を持った。そのときラジオをかけたら、チューリップの『心の旅』が流れていた。『わたしの彼は左きき』がかかったのも覚えている……知ってる？」

「ええ、知っています。麻丘めぐみですよね？」

「ああ、そうだ……それで、万智が『阿川くんは左利《き》じゃないね』って、残念そうな顔をしていた」

「その頃は左利きの彼氏が得をしたんですね？」

「ああ、確かにね」

　恭一郎は笑った。

「……事情はわかりました。曲、流してもいいですか？　これ、あの頃のヒットメドレーですよね。もっと聴きたいわ」

「きみがそうしたいならかけていいよ……僕はもう涙を流さない」

　沙耶香が席を立って、スイッチを入れる。

　すぐに、当時のヒット曲が流れはじめる。恭一郎が録音編集して作ったものだ。

『心の旅』が最初から流れはじめて、沙耶香は大胆に恭一郎の隣に腰をおろした。それから、訊《き》いてきた。

「ひょっとして、この歌詞どおりに、二人は別れたんですか？」

「ああ……僕は建築学科のある東京の大学に、万智は京文化が好きで、京都の大学へ行ったからね……新幹線を使えばいいんだけど、僕も彼女もお金がなかったしね。お互いに帰郷しているときは、貪《むさぼ》るように彼女を抱いた……だけど、僕がいけないんだ。性欲だけが強くなっていって……二年のときに、大学で彼女ができたんだ。それで、僕のほうから別れを切り出した。万智は怒っていた。僕は裏切り者呼ばわりされた。しょうがない、事実なんだから」

「マスターがいけませんね」

「ああ、そうだ。僕はひどい男だ……万智もその後、大学で彼氏を作って、結局故郷にも帰らずに、京都で結婚して暮らしていた。三年前に亡くなったと知らせがきたんだが、さすがに、僕みたいな裏切り者がのこのこ葬儀には行けない。だから、僕のなかで、いまだに十八から二十歳にかけての若くしなやかな万智でいつづけている。あのとき、僕はほんとうに彼女をポケットに入れて、連れ去りたかったんだ」

そう言い終えたとき、また胸に込み上げるものがあって、恭一郎はむせび泣いた。

「マスターの自業自得《じごうじとく》ね……」

沙耶香が白いハンカチを出して渡してくれた。それを取って涙を拭く。それから、衝撃を受けた面接時のことを打ち明けた。黙っていては不誠実な気がした。

「きみを初めて見た瞬間に、僕は採用を決めていた。なぜかわかるか？　じつはきみは、その……葉山万智と雰囲気がとても似ているんだ。ひょっとして親戚か何かと思ったくらいだ。そんなのいやだよね、初恋の女性とダブらせて見られるなんて……」

「……そう、でもないです。むしろ、うれしいです。それだけ、わたしにもチャンスがあるってことですよね？」

沙耶香は意外なことを口にして、手にしたハンカチに、恭一郎の涙を、かるく押すようにして吸わせる。それから、顔を寄せてきた。

あっと思ったときは、柔らかな唇が触れていた。

沙耶香の爽やかな息づかいと、ニット越しに、胸のたわわなふくらみと弾力を感じる。

（そうか、沙耶香は自分を好いてくれているのか……）

二人きりの店内にはガロの『学生街の喫茶店』が流れだした。

この歌詞どおりに、あの頃は葉山万智と二人で、よくボブ・ディランを聴いたものだ。

（ボブ・ディランを聴きながら、俺のアレを咥《くわ》えてくれたこともあった。万智はなぜかフェラを厭《いと》わなかった）

恭一郎のイチモツが、ギンとしてきた。

分身の力の漲《みなぎ》りに背中を押されて、沙耶香を抱きしめる。

すると、沙耶香が太腿に手を乗せてきた。

ついばむようなキスをしながら、ズボン越しに太腿を撫《な》でてくる。その指が股間に近づいてくると、恭一郎の分身は一気に力強くなる。

沙耶香が唇を離して、はにかむように見た。

「マスターのこと……」

「ああ、ゴメン」

「万智さんを思い出しているんですか？」

「……わからない。だけど、たぶんきみに感じているんだと思う」

「ほんとうですか？」

「ああ……」

「うれしいです」

そう言って、沙耶香は右手をズボンの股間に移し、硬くふくらんだ部分に触れた。その硬さに、びっくりするようにあわてて手を離す。そしてまた、おずおずと股間をさすりはじめる。

「わたし、あまり経験ないから……下手でも、我慢してくださいね」

沙耶香が切れ長の大きな目で、見つめてくる。

「気持ちはすごくうれしいよ。でも、ほんとうにいいの？　僕みたいな男では、きみと釣り合わないいんじゃ……んんっ」

沙耶香が言葉を遮《さえぎ》るように、唇を合わせてきた。恭一郎の顔を両手で挟むようにして、正面からキスをつづける。

その間にも、薄いリブニットを持ちあげている胸のふくらみの弾力や、温かい息づかいを感じて、恭一郎の分身は否応《いやおう》なく力を漲らせてしまう。

（……こんなにギンとなったのは、いつ以来だろう？）

店内に流れている曲が、かぐや姫の『神田川』に変わった。哀切《あいせつ》なメロディーとリアルな歌詞が体に染み込んできて、それはまた不思議と、恭一郎の性欲をかきたてる。

しなやかな指が股間のものをつかんだ。ズボン越しにイチモツをかるく握って、ゆるゆるとさすられると、甘やかな快感がうねりあがり、理性を麻痺《まひ》させようとする。

麻痺する前に、恭一郎は抗《あらが》った。

「ダメだ。マズいよ」

顔を離して、言う。

「どうして、ですか？」

「……歳の差がありすぎる。それに、きみは従業員で僕は店長だ」

「関係ないです」

「いや、関係あるよ」

「……わたしがこう断言しているんだから、問題ないです。マスターもわたしも独身でしょ。わたしに恋人はいません。マスターには？」

「いないよ。いるわけがない」

「だったら、いいじゃないですか」

沙耶香が股間のイチモツをまさぐりながら、猫科の目でじっと見つめてくる。

六十歳を越えてから、妻を除いて、自分を愛してくれる女性はいなかった。もちろん、告白されたことも、不倫をしたこともない。

何となく沙耶香が自分を気に入ってくれていることは察していた。しかし、それはあくまでもマスターとしての自分への好意であり、男としての恭一郎ではないと思っていた。

それが、男として愛してくれているのが判明したのだから、これは歓迎すべきだ。しかし……。

（五十歳ちかくも離れた女の子とセックスなどしてはダメだろう。だけど、気持ちいい……気持ち良すぎる。あそこが蕩《とろ》けながら、エレクトしてくる充溢感《じゅういつかん》がたまらない！）

うっとりしていると、沙耶香が立ちあがって、窓のカーテンをひとつ、またひとつと閉めた。それから、ドアにクローズの札がかかっているのを確かめて、ドアのカーテンを閉めて内鍵をかける。

レトロなランプ調の照明を絞って、その黄色い明かりのなかで、沙耶香は周囲を見まわしながら近づいてきた。

すらりとした体形で、脚が長い。白いリブニットを持ちあげた胸もバランスが良く、たわわだ。ざっくりしたセミロングの濃いブラウンの髪が、頬を包み、毛先が胸のふくらみにかかっている。

どうやら、沙耶香はたんなる清純派ではなさそうだ。男を翻弄《ほんろう》する奔放《ほんぽう》さも持ち合わせている。そこが、万智と違うところだが、この相違点はむしろうれしい。

沙耶香は恭一郎を立たせて、店の奥にある半円形のロングソファに連れていく。恭一郎がソファに仰臥《ぎょうが》すると、上からじっと見つめてくる。

髪を片方に寄せて、唇を近づけてくる。ふっくらとしているが、煽情的《せんじょうてき》に濡れている唇が恭一郎の唇に重なり、舌が誘ってきた。

舌を突き出すと、それをちろちろと舐《な》めてくる。

それから、恭一郎の白くなった髪をかきあげるようにして、額《ひたい》にチュッとキスをして言った。

「ロマンスグレーの男の人、好きです。とっても知的に見える」

「残念だけど、僕はそんなにインテリじゃないよ」

「そうですか？　建築家って知性がないとできないと思うな」

沙耶香は目を見つめて言い、ついばむようなキスを頬へとおろし、また唇に唇を重ねてきた。

今度はさっきよりずっと情熱的に唇を押しつけ、恭一郎の唇を挟んで舌を這わせてくる。

恭一郎は欲望をこらえきれなくなって、沙耶香の手をつかんで、ズボンの股間に導いた。一瞬、遠ざかりかけた右手が思い直したように、そこにとどまり、おずおずとさすりはじめる。

沙耶香はギンとしたものを撫でながら、キスも激しさを増す。息づかいが荒くなって、布地越しに勃起《ぼっき》をぎゅっと握り、

「すごく硬いわ……」

いったん唇を離して語りかける。

「きみが相手だからだよ。もう何年も、エレクトしなかったんだ」

「ほんとうですか？」

「うん、事実だよ」

「女の人は、いなかったんですか？」

「いなかったな。妻は四年前に亡くなったしね……それから、ずっとひとりだ」

「信じられないな。マスター、けっこうモテると思うけど」

「全然……」

「だけど、ここはスゴい。石みたいに硬い」

「きみだからだよ」

「わたしを見ていると、万智さんを思い出すからでしょ？」

「それはあるかもしれないけど……でも、おそらく、万智に似ていなくても、きみには発情したと思う。きみはすごく魅力的だよ。美人だし、清楚だし、謎めいてもいる。こうしたくなる」

恭一郎は上体を立てて、沙耶香を下にする。

臙脂色《えんじいろ》のビロードに、白いニットとすらりとした肌色の足が映《は》える。ざっくりしたレイヤーカットの髪が臙脂色の布に散って、その中心のととのった容貌がさぐるように恭一郎を見あげている。

（ああ、これだった。やっぱり、男は歳をとっても、女の上になって愛撫しないと、今ひとつ昂奮しない）

恭一郎は両手で顔を挟むようにして、唇を合わせる。

チュッ、チュッとついばむようにして、顎《あご》から首すじへとキスをおろしていく

と、

「んんっ、あああ……」

沙耶香は仄白い喉元《のどもと》をさらして、愛らしく喘《あえ》いだ。のけぞった顎と首すじの角度に官能美を感じながらも、ニット越しに胸の曲線をなぞると、

「ぁああ、ダメっ……ん」

沙耶香は右手の甲を口に当てて、悩ましく顔をのけぞらせる。

その初々《ういうい》しさのなかにも、感受性の豊かさを感じさせる反応が、恭一郎を否応なく昂《たかぶ》らせた。

股間のものは痛いほどにギンとなり、その漲り具合が恭一郎をかきたてる。

（……さっきはあんなふうに言ったけど、どうしても沙耶香が万智と重なる。それで、俺もあの頃にタイムスリップした気分になって、万智を相手にしているような気になってしまう）

店内にはチェリッシュの『てんとう虫のサンバ』が流れている。いまだに結婚式の披露宴で使われる、息の長い軽快な曲が、どうもこの場面にはそぐわない。

だが、これはこれで愉しい。沙耶香もきっとそう感じているのだろう。

恭一郎はジャストフィットした白いリブニットを持ちあげているふくらみを、慎重に揉《も》みながら、胸の谷間に顔を擦《こす》りつけ、それぞれの頂《いただき》にキスをする。

「あんっ……あんっ……」

びくっ、びくっと痙攣《けいれん》する沙耶香が、愛《いと》おしくてならない。

恭一郎は迷った。

店のなかでセックスしていいのか、沙耶香がいやがるんじゃないか……だけど、誘ってきたのは沙耶香のほうだ――。

恭一郎は思い切って、提案した。

「僕の家に来るか？」

「……行きたいです。でも、今はここがいい。この大好きなお店で、この曲を聴きながら、大好きなマスターとこうしていたい」

そう言って、沙耶香がしがみついてきた。

3

沙耶香はロングソファに腰かけ、リブニットの裏側に手を入れた。ブラジャーの背中のホックを外して、器用に抜き取っていく。

水色のレース刺しゅう付きブラジャーを外して、ちらりと見あげてきた。

「下も、脱いだほうがいいですか？」

「えっ……ああ……」

沙耶香はうなずき、スカートのなかに手を入れて、肌色のパンティストッキングと水色のパンティもおろして、足先から抜き取り、それを見られないように隠した。

ぱっと見では、沙耶香はさっきと何ら変わらない。だが、実際はブラジャーもパンティもつけていないのだ。

「……僕も脱いだほうがいいのかな？」

恭一郎が訊《たず》ねると、

「わたしが脱がせてあげます」

そう言って、沙耶香は恭一郎のズボンのベルトに手をかけて、ゆるめた。

押し下げようとするので、恭一郎は尻を浮かした。すると、ブリーフとズボンが膝までおりた。

「あっ……！」

恭一郎は素早く股間のものを両手で隠す。だが、鋭角に頭を擡《もた》げている赤銅《しゃくどう》色《いろ》のものは、おそらく一瞬だが、沙耶香にも見えてしまったに違いない。

裸になった尻に、ビロードの感触が心地よく、それだけで高揚してくる。

ソファに腰かけている恭一郎の膝を、沙耶香がまたいできた。

グンと上を向いている屹立《きつりつ》が体内に潜り込まないように気をつけながら、沙耶香は腰をおろす。抱きついてきたので、恭一郎も両手を背中にまわして、ぎゅっと上体を抱き寄せる。

明らかにノーブラとわかる豊かな弾力が伝わってくる。イチモツがさらにギンと漲ってきた。

沙耶香は恭一郎の肩に顔を乗せるようにして、耳元で囁《ささや》いた。

「……不思議なんです。わたしも面接でマスターにお逢いしたときから、こうなる予感がしていたんです」

「……古希《こき》前のジジイだぞ。こんな僕のどこがいいんだ？」

「自分のことを卑下《ひげ》しないでください。マスターはとってもいい男ですよ。もう少しで真っ白になりそうなこのロマンスグレーも渋いです……それに、すごく包容力があって、マスターの前だと、自分が自由になれる。同じ年代や年下では、こういう気持ちにはなれません。自分に素直になれるんです。わたし、他の男にはこんなことしませんからね」

沙耶香が言って、そっとしがみついてくる。

買いかぶられている、と感じた。そのうちに、正体がばれる……しかし、この甘い誘惑には誰も勝てないだろう。

恭一郎は柔らかな唇に唇を重ね、舌先でちろちろとあやしながら、リブニット越しに胸をつかんだ。

ノーブラの乳房が薄いリブニットの下で揺れながらまとわりついてきて、揉みあげるたびにしなり、

「……あん！」

沙耶香が愛らしく喘いで、唇を離した。

のけぞった沙耶香を見ながら、恭一郎は右手をリブニットの下端からすべり込ませる。上へとずらしていくと、じかに乳房に触れた。

（ああ、これが……！）

今、触れている乳房は、見た目以上にたわわで、柔らかく、しなりながら指に吸いついてくる。

中心の突起をさがすと、こりっとしたものが指先に触れて、

「んっ……！」

沙耶香がますます大きく顔をのけぞらせる。

明らかに硬くなっている先端をなぞり、側面を指の腹で転がす。すると、そこはいっそうしこってきて、

「ぁあああ、ダメっ……ぅううぅ」

沙耶香は両手で恭一郎の肩をつかみ、後ろにのけぞる。

男性経験が少ないという割には、感度がいい。経験と感度は別物なのだろう。

リブニットをめくった瞬間、恭一郎は息を呑《の》んでいた。

ふたつのふくらみは充実して、想像より大きい。

直線的な上の斜面を下側の充実したふくらみが押しあげていて、コーラルピンクの乳首はツンと上を向いていた。その誇らしげなラインは、恭一郎がもっとも好きな乳房の形だった。

極論を言えば、乳房の煽情度は大きさではなく、その優美な曲線の具合と、乳首のつき方、角度で決まるのだ。

「きれいだよ、すごく……」

恭一郎はそう褒《ほ》めて、白いリブニットを押し上げたまま、乳房の頂にしゃぶり

つく。硬いものが唇に触れて、そこをかるく吸うと、

「あっ……！　んんんん」

激しく反応しながらも、自分でリブニットをつかんで引きあげてくれる。

恭一郎は自由になった手で乳房を揉みしだき、もう片方の乳房の頂にしゃぶりついて、舌をつかった。

「ぁああ、恥ずかしい……マスター、わたし、もう……」

沙耶香が眉根《まゆね》を寄せて、腰をくねらせる。

「いいんだよ。感じてくれていいんだ。声を出していいんだぞ」

恭一郎は励ましながら、片方の乳首を指の腹で捏《こ》ね、もう一方の乳首を舌で転がす。

すると、沙耶香は抑えきれない声を洩《も》らしながら、腰を前後に揺すりはじめた。

「触ってみるかい、僕のあれを？」

「はい……」

「ここだよ」

恭一郎は沙耶香の手をつかんで、みずからのいきりたちに導いた。

る。


沙耶香は一瞬ハッとしたが、そのまま、おずおずと握ってくる。硬さや形を確かめるように、亀頭冠《きとうかん》のあたりをなぞり、茎胴に指をまわしてくる。

甘やかな快感が急激にうねりあがってきた。恭一郎はその心地よさをぶつけるように、乳房を揉み、乳首を吸い転がす。

「ぁあああ、マスター、そんなことしちゃ、ダメっ……ダメなんです。ダメっ、ダメっ……はうんん」

沙耶香は腰をよじりながら、恭一郎の勃起を握り、しごく。

その後、沙耶香が、握った肉棹《にくざお》を自分のほうに向けて、切っ先を太腿の奥に擦りつけた。

チェックのミニスカートがめくれあがって、勃起しきったイチモツが、濡れている粘膜のようなものに触れている。

「……ねえ、マスター。わたし、何かもう……」

「入れてほしくなったんだね？」

沙耶香が恥ずかしそうにうなずいた。

「いいよ。完全にまたいで……」

指示をする。沙耶香は両足をビロードに包まれたソファの上に置いて、蹲踞《そんきょ》の姿勢を取り、鋭角にそそりたっている肉柱をつかんだ。

腰を少し落として、ゆるゆると尻を前後に振ったので、切っ先が濡れ溝をぬるぬると擦る。それが馴染《なじ》んでくると、沙耶香は慎重に沈み込んできた。

勃起が潤《うる》みきった膣口《ちつぐち》を押し広げていき、熱く滾《たぎ》るような膣の奥へと進んでいくと、

「ぁあああっ……！」

沙耶香は顔をのけぞらせて、眉根を寄せ、今にも泣きださんばかりに顔をゆがめる。

（ああ……これが沙耶香の！）

恭一郎は多くの女性を抱いたわけでもない。だが、今まで経験したなかでは、沙耶香の膣肉はとても窮屈であることがわかる。挿入《そうにゅう》しただけで、内部の粘膜がざわめいて、男根を内へ内へと招き寄せようとする。

「すごい……きみの、すごくいい感じだ」

思わず囁くと、沙耶香もぎゅっとしがみついてきて、耳元で言った。

「……マスター。わたしもすごく……ほんとうよ。きっとわたし、へんなんだ

わ。だって、マスターとずっとこうしていたいもの」

「僕もだよ。きみとずっとこうしていたい……そんな歌詞の歌もあったような気がするけど、思い出せない」

「キスしてもらっていいですか？」

「ああ……」

恭一郎は唇を重ねて、沙耶香を抱きしめる。それから、腰をつかんでうながすと、沙耶香の腰がおずおずと揺れはじめた。

唇を吸われながらも、懸命に腰を前後に揺らしては、

「んんっ、んんんんっ……」

と、沙耶香はくぐもった鼻声を洩らす。

二人きりの店内には、『瀬戸の花嫁』が流れていて、小柳ルミ子の透明感のある歌声が夕暮れの瀬戸内海を想像させる。

(沙耶香がお嫁に行く日はあるのだろうか……？)

だが、すぐにそんなことは脳裏から消えた。唇を離した沙耶香が、恭一郎の両肩につかまるように、大胆に腰を振りはじめたからだ。

とても窮屈なオマ×コが前後に振れながら、とろとろの粘膜で肉棹を擦りつけ

てくる。締めつけが強いから、そのまったりとしたホールド感と、揺れながら締めつけてくる圧迫感が相まって、途方もない快感を生む。

若い男なら、たちまち放っていただろう。

だが、恭一郎にはその心配がない。六十歳を過ぎてから、女性相手に射精できなくなっていた。

アダルトビデオを見ながら、右手で強く擦れば一応射精はする。だが、それも手が疲れるほど激しくしごかないと、イケない。要するに、歳をとるごとに、男性器の感度が鈍くなっているのだ。

妻とセックスしても、最後のほうは射精できなかったから、おそらく沙耶香相手でも放出しないだろう。

(いや、待てよ。まったく状況が違うのだから、もしかしたら……)

一縷《いちる》の望みにすがりながら、恭一郎は望外のこの体験を満喫する。

沙耶香の表情がさっきまでとは違っていた。上体を離してのけぞって腰を揺すっていたが、やがて、密着してきて、恭一郎を抱きしめ、身体を上下に振りはじめた。

「あんっ、あんっ……いや、恥ずかしい……あんっ、あんっ……ぁあああ、へんよ、へん……」

肢体を上下に動かして、そのあさましい行為を恥じるように、首を左右に振った。

沙耶香は激しく上下に撥《は》ねて、腰を落としきったところで前後左右にくねらせては、

「ぁああ、マスター、わたし、もう、もう……」

と、恭一郎を見る。

大きくて、切れ長で、睫毛《まつげ》の長い目が、今はとろんとして潤み、涙ぐんでいるような光沢をたたえている。

「どうしたの？　言ってごらん」

「……イキそうなんです。たぶん……」

「たぶん？」

「これまで、セックスでイッたことがなくて……でも、違うんです。今までとは違います……だから、きっと……ぁあああ、恥ずかしい。わたし、もう……」

沙耶香はどうしたら気を遣《や》ることができるのか、まだ自分でもはっきりとわからないのだろう。不自然に大きく動いたり、強く擦りつけたりした。

「あああ……」と切羽詰《せっぱつ》まった声をあげ、すっきりした眉を八の字に折る。ふっくらとした厚めの唇を嚙《か》み、ぐぐっと顔をのけぞらせる。

だが、もう少しのところで、一線を越えられないようだ。

4

恭一郎はその姿勢から、沙耶香を抱えあげるようにして、ロングソファに寝かせた。

臙脂色のビロードが贅沢《ぜいたく》な光沢を放ち、そこに仰向《あおむ》けに寝た沙耶香は、ぼうっと霞《かす》んだような瞳で、恭一郎を見あげてくる。

ふっくらとした唇がわずかに開いて、茶色の瞳が見るとはなしに、恭一郎を見あげている。

恭一郎はソファに凭《もた》せかけてあったクッションを、沙耶香の腰の下に入れた。

それから、膝をすくいあげると、ミニスカートがはだけて、少し開いた長い素足が、膝から折れ曲がる。

大理石の円柱のような二本の太腿の付け根が合わさる箇所に、ととのえられた長方形の翳《かげ》りがのぞいていた。

(もとは漆黒《しっこく》のつやつやの毛なんだな)

恭一郎がクンニをしようと顔をおろしていくと、沙耶香がいやがった。

「ダメっ！　シャワーを浴びていないから、やめてください……ほんとうよ。建て前で言っているんじゃないの」

その言葉にウソはない気がした。

それにクンニをしなくても、もう沙耶香の女の器官は充分に濡れている。

恭一郎は片手で肉茎を導き、入口をさぐりながら、慎重に腰を入れていく。柔らかくて、沈み込む箇所があり、屹立を進めるごとに、熱く滾りながらからみついてきた。

「ぁあああ……すごい。マスターがいるの。お腹のなかに、マスターを感じるの……ああン、気持ちいい……」

見あげる沙耶香の白いリブニットがめくれて、ナマの乳房の下側がのぞいている。

ミニスカートがまくれあがって、まろびでている足の膝の裏を恭一郎の両手ががっちりとつかんでいる。

恭一郎が体重を乗せて深いところに押し進めると、

「はうぅぅ……！」

つらそうに顔をゆがめて、ソファのビロードの布地に指を立てる。

沙耶香は、ぎゅっと目を閉じて、突くたびに顎をせりあげる。

長方形にととのえられた繊毛《せんもう》の奥に、自分の猛々《たけだけ》しいイチモツがほぼ根元まで嵌《は》まり込んでいる……これが現実であるとは、いまだに信じられない。

膝裏をつかんで、足を押し開きながら、ゆっくりと抜き差しをした。

体重を乗せて抽送《ちゆうそう》をするたびに、まったりとした粘膜がからみつき、ひどく具合がいい。するするとすべってしまうと物足りないものだが、粘着力のある襞《ひだ》が分身を包み込み、からみついてきて、吸いつくような抵抗感がたまらない。

ストロークするたびに、沙耶香は「あんっ」と喘ぎ、顔をのけぞらせる。

腰を引くと、寂しいとばかりに、下腹部が勃起を追ってくる。

だが、快感は、なかなか一定以上は高まっていかないようだった。おそらく、イッたことがないというのは事実なのだろう。

(こういうときは……)

恭一郎は膝を放して、覆いかぶさっていく。

上から抱きしめるようにして、ゆったりと腰をつかうと、この姿勢のほうが安

心できるのか、沙耶香はぎゅっとしがみつきながら、

「んっ……ンッ……ぁあああ、いいんです。マスター、気持ちいい……マスター、このままがいい」

耳元で甘く囁く。

「僕もこのままがいい……ずっとこうしていたいよ」

「わたしも……」

沙耶香は両足をＭ字に開いて、恭一郎のイチモツを深いところに導き入れている。そして、キスをねだってくる。

恭一郎も応えて、唇を重ねながら、静かに腰をつかう。

じっくりとストロークするだけで、ぐぐっと甘い快感が湧《わ》きあがってきた。六十歳を過ぎてからは体験できなかった悦《よろこ》びが、体内で育とうとしている。

恭一郎のような年齢になると、自分が満足するよりも、女性にイッてもらいたい。女性をきっちりとイカせるほうが、自分が射精するより、悦びが大きいのだ。

キスをしながら、徐々に強く打ち込んでいく。

「んっ……んっ……んんんんん、ぁあああ、もうダメっ……」

沙耶香がキスをやめて、顎をせりあげ、眉を八の字に折った。

「どうしたの、イキたい？」

「ええ、イキたい」

「いいよ。きみのしたいことをしてあげる。どうしたら、もっと感じると思う？」

「……わからない。でも、ここを……」

沙耶香が恭一郎の右手を、乳房に押し当てた。

「ここがいい？」

「はい……」

「乳首が感じるんだね」

「はい……」

「どうして欲しいの？」

「……舐められて、吸われると訳がわからなくなる」

「わかった」

恭一郎は白いリブニットをたくしあげて、まろびでてきた乳房にしゃぶりついた。幾分汗ばんだ乳肌は青い血管が透《す》け出るほどに薄く張りつめて、中心より少し上についた乳首が、ほんのわずか上を向いている。

コーラルピンクの乳首をそっと口に含むと、

「あんっ……！」

沙耶香はがくんと顔をのけぞらせた。

やはり、乳首が感じるのだ。

恭一郎は丹念《たんねん》に急所をかわいがった。硬くしこってくる突起を舌を旋回《せんかい》させるようにしてあやし、かるく吸う。

「はんっ……！」

びくっとして、沙耶香は顎をせりあげる。

恭一郎は右手で乳房を揉みしだき、指で突起をいじりながら、もう一方のふくらみを舌であやす。

舐め、吸い、そこを指で捏ねる。

時々、思い出したように、下半身のそそりたつものをピストンさせる。

不思議なものだ。もう長い間、女を抱いていないのに、やり方を忘れていない。むしろ、歳をとったせいで、相手の様子を観察する余裕が出てきた気がする。

それに、うれしいのは、沙耶香の膣がしっかりと分身をホールドして、いっこうに、勃起のおさまる気配がないことだ。

そして、分身が元気でギンとしていると、同じひと擦りでも、快感が断然大きい。

「ぁああ、恭一郎さん、わたし、イクかもしれません」

沙耶香の震える声が聞こえた。

初めて名前を呼んでくれた。そのことに、ぞくっとするほどの歓喜を覚えながら、腰をつかう。

「いいよ、イッて……」

恭一郎はもっと強く突きたくなって、上体を立てた。そして、右手で乳房をつかみ、揉みしだき、乳首を転がす。

そうしながら、徐々に打ち込みのピッチをあげていく。

つづけていると、沙耶香の気配が変わった。

「あんっ……あんっ……あんっ……ぁあああ、来そうです。来そう……」

沙耶香は打ち込まれるたびに、形のいい双乳をぶるん、ぶるるんと波打たせながら、片手でソファのビロードをしっかりとつかんでいる。

「いいよ、いいよ……イッていいんだよ」

恭一郎は激しく腰を打ち据《す》える。

両膝はビロードに接して痛くない。むしろ、膝の触感は快適だ。踏ん張った足の親指が深々とビロードに食い込んでいる。

「ああ、沙耶香！」

呼び捨てにして、つづけざまに打ち込んだとき、沙耶香の身体に異変が生じた。ぶるぶると全身が小刻《こきざ》みに震え、両手でビロードを鷲《わし》づかみしては、

「ぁあああ、きっと、これがイクってことなんだわ。でも、怖い！」

「怖くない。僕がついている。僕はきみのすべてを受け入れる自信がある。だから、いいんだ。いいんだよ」

「はい……はい……ぁあああ、今です。強く……強くして……ぁあああ、そう、そうです……ぁあああ、おかしくなる。わたし、もう……」

「そうら……イッていいよ」

「あんっ、あんっ、あんっ……ぁあああ、くうぅぅ……！」

沙耶香が大きくのけぞった。腰が浮くほどに弓なりになり、がくん、がくんと自分から腰を振った。

それから、憑《つ》き物が落ちたように、がっくりして動かなくなった。

「大丈夫？」

恭一郎は覆いかぶさって、髪を撫でる。

「……大丈夫じゃ……ありません」

沙耶香が恥ずかしそうに、胸に顔を埋めてくる。

「イッたんだね？」

「ええ、たぶん……初めてだから、よくわかりません。でも、気が遠くなったから……」

「……よかった」

「マスターは？」

「ああ、僕は『接して漏らさず』を地で行っている。だから、射精しなくていいんだ。勃起もそのうちに勝手におさまる。その間、きみとこうしていたい」

恭一郎は賢者タイムを長らく味わっていない。勃起がおさまるまで、沙耶香を抱きつづけた。

気づくと、再度、店内に『心の旅』が流れていた。エンドレスで流しているから、すべての曲が一回終わって、またはじまったのだ。

「またこの曲ですね」

「ああ、タイミングがいい。僕が今思っていることを教えようか？」

「うん……何？」

「きみをポケットに入れて、お持ち帰りしたい」

「いいですよ、お持ち帰りして」

沙耶香がそう言って、唇を寄せてくる。情熱的なキスをされて、おさまりかけていたイチモツが、むくむくと膨《ふく》らんできた。

第二章　懐メロが誘うエクスタシー

1

「はい、今すぐ……！」

「壮介、遅いぞ」

阿川恭一郎がナポリタンを仕上げる間に、壮介が急いで、タマネギを薄切りにし、ピーマンも切る。それが終わると、ウインナー三本を斜めに切る。

壮介はこの近くに住んでいる弟の次男、すなわち甥《おい》である。すでに二十九歳にもなるのに、ろくに働きもせずに、家に引きこもっている。

引きこもりの息子をどうにかして外に働きに行かせたいと、弟が考えているのを知っていたし、『音楽喫茶フジ』も土日のランチ時に人手が足りなくて困っていたので、弟の了解を得て、無理やり店に引っ張ってきた。

すっかり引きこもりのぬるま湯につかっていた壮介は、最初は地面に寝ころがってバタバタする子供を思わせる抵抗を示した。

だが、制服姿の池田沙耶香が店に出てきたのを目にした途端、ポカンとして、しばらく茫然自失《ぼうぜんじしつ》してしまった。それから壮介は一変する。引きこもるのをやめて、この店で短時間働くことを了承した。

要するに、若くて容姿端麗の沙耶香に魅了されたのだ。こんなにわかりやすい一目惚れは珍しい。

それ以来、壮介は「遅いぞ。もっと手を速く動かせ」と恭一郎に叱られながらも、土日のランチタイムと仕込み時である十一時から十四時までは、休まずに出勤してくる。

動きはゆっくりだが、仕事は丁寧《ていねい》で、意外に使えると感心しているところだ。

「五番テーブル。ナポリタンセット、ダブルあがりました」

恭一郎がセットを二つ出すと、

「うけたまわりました、ご主人さま」

沙耶香がにっこりして、ナポリタンセットを二組、五番テーブルに届ける。

このメイド喫茶風台詞《せりふ》は、沙耶香自身が考案したものだ。

自分の制服がメイド衣装に似ていることから発想したのだろうが、これが男性の気持ちをくすぐるばかりか、老若男女《ろうにゃくなんにょ》を問わず、客にはとても評判がいい。

恭一郎自身も何だかぞくぞくしてしまう。

彼女のその言葉を聞くたびに、壮介の手も止まるから、きっと内心、萌《も》えているのだろう。

昭和レトロ＋秋葉原《あきはばら》風メイドは、魅力的な組み合わせなのだろう。

客層は、日曜日で観光客が多いこともあり、ミドルエイジ以上と若い層が半々というところだ。

最近、恭一郎の調理する『懐かしのナポリタン』がＳＮＳで取り上げられて、人気が出てしまい、ある意味大変だ。

こんなケチャップこてこてで、具材も普通にタマネギ、ピーマン、ウインナーだけの、何の変哲もないパスタが、なぜ受けるのかわからない。大学時代によく通っていた喫茶『蘭』のナポリタンを再現しようとしているだけなのだが……。

恭一郎と同じ世代のオジサマたちが、ナポリタンを口に運んで、

「ああ、これだ、この濃さ、しつこさ、シンプルさだ。飽きてきたら、粉チーズとタバスコで味を変化させる。コーヒーも量が多くて、いい。ナポリタンにはこのくらいの量がないと、ダメなんだよな」

と、にこにこするのを見ると、恭一郎も、してやったりという気持ちになる。

どうにかして、ランチ時を乗り切り、壮介はお役御免となる。せっかく来てもらっているのだから、夕方までやっていくか、と打診するのだが、壮介は「いえ、今のところはこれが限界ですから」と、アルバイトを終える。

その後、いつも店の隅で昭和歌謡を聴いている。

もともとミュージシャン志望だったらしく、どんな音楽にも興味があるようだ。とくに、現在海外でも盛りあがりを見せている昭和シティ・ポップスが好きで、竹内まりやの『プラスティック・ラブ』が流れたりすると、

「いつ聴いてもカッコいいな。竹内まりや、いいなあ。バックに山下達郎《やましたたつろう》がついているからな。ユーミンには松任谷正隆《まつとうやまさたか》がいるし、売れる女性歌手の裏には大物がついていて、きっちりフォローしてるんだよな」

などと言って、ひとり溜め息をついている。

そんな壮介に沙耶香は、興味がないわけではないようだが、『二十九歳にもなってまともに働かない男って、ちょっと』と素っ気ない態度を取っている。

壮介が帰り、沙耶香が遅いランチタイムで奥に引っ込むと、常連の満島忠志《みつしまただし》がやってきて、カウンター席に座り、コーヒーを注文した。

コーヒーを出すと、満島が声をかけてきた。

「さすがだね。あっという間に、繁盛してきた」

「お蔭様で……いいのか悪いのかわかりませんけどね。なにしろ、老後のヒマつぶしで受け継いだ店ですから。あまり忙しすぎるのも、困りますよ」

「贅沢《ぜいたく》な悩みだよ……ったく。世の中、不公平だよね。このへんでも、赤字つづきで潰れていく店もあるんだからさ」

「……そうですね。ほんとうにうちはラッキーです」

「まあ、だけど、今だけだよ。そのうちに平常運転になって、ヒマになるさ」

わかったようなことを言って、コーヒーを飲む。

満島忠志は七十一歳で、第二の人生を悠々《ゆうゆう》と送っている。若い頃は商社マンとして海外を飛びまわっていたらしい。完全定年の六十五歳になって、故郷に戻ってきた。周りの者からは、「忠《ちゅう》さん」と呼ばれている。

妻とは離婚して、子供も自立し、今は独り暮らしをしている。金と時間は有り余るほどあるはずで、だいたい毎日、『音楽喫茶フジ』に来ている。

ここで流れる昭和から平成にかけてのポップスが、ほぼ同世代の満島にはぴったりハマるらしい。この前は『神田川《かんだがわ》』を聴いて、ひそかに涙を流していた。

早稲田大学出身で、神田川近くにアパートを借りて、近くの銭湯に女と行っていたらしい。

モテたようだし、同棲《どうせい》くらいはしていたのかもしれない。そういえば上村一夫《かみむらかずお》の『同棲時代』というマンガを熱っぽく語っていた。

ハンサムで、若い頃は沢田研二《さわだけんじ》に似ていたと自分で言うのだから、多少ナルチシズムが入っているのだろう。

「そうそう……マスター、沙耶香ちゃんと上手くやっているらしいじゃないの。彼女が二十で、あんたが六十九だから、四十九違いじゃん。それ、犯罪だよ」

満島が真剣な目で、恭一郎を見る。

「どこから聞いたんですか？　それはないですよ。あり得ません。いやだな……アハハ、だいたい俺ごときを、沙耶香ちゃんが受け入れてくれるはずがないじゃないですか。誰にそんなガセネタをつかまされたんですか？」

「いや……彼女のあんたを見る目が、なんかな……俺はそういうところ鍛えられているから」

「今回限りは見当違いでしたね。違います。潔白《けっぱく》です……お願いしますよ。そんなウワサ、ひろめないでくださいよ。沙耶香ちゃんがここにいられなくなっちゃいますよ。そうなったら、忠さんも寂しいでしょ？」

「……まあ、確かに。沙耶香ちゃんがいるといないとでは、全然違うからな」

「そうですよ」

恭一郎は話を打ち切って、溜まっていた皿を洗う。食器を洗剤で洗いながら、内心では、忠さん、意外と鋭い人だなと思う。

ただし、沙耶香とは今、微妙な関係である。

先日、自宅に沙耶香を連れて行った。部屋で抱こうとしたら、肝心なものが役に立たなかった。

なぜだか、わからない。

とにかく、勃起《ぼっき》しなかったのだ。

沙耶香は「気にしなくていいですよ」と慰めてくれたが、内心では傷ついていたに違いない。現にそれ以降、微妙な雰囲気になって、沙耶香は「送るよ」という恭一郎の申し出を断って、早めに帰っていった。

今日は日曜日だから、沙耶香は夜間の専門学校が休みだ。明日はこの店も休みだから、時間もあるし、気分的にも解放されているはずだ。

恭一郎は今夜こそは、とひそかに汚名返上を狙っているのだが……。

すぐに、ランチ休憩を終えた沙耶香が、「すみませんでした」と、店に出てきた。

いつ見ても、伸びやかで、楚々《そそ》としている。

ドレープのついた黒いワンピースにまとわれた白いフリル付きの胸当てエプロン、髪をまとめる白いレースのカチューシャ──沙耶香は手足が長く、すらりとして、くっきりとした顔立ちをしているから、この制服が似合うのだ。

「あら、満島さま。おいでくださっていたんですね？」

沙耶香が大きな目を、満島に向ける。

「ああ、おいでなさってるよ。沙耶香ちゃんの顔を見ないと、寂しくてさ。月曜日と木曜日は寂しいよ」

「ふふっ、心のなかでは違うことを思ってるんでしょ。ほんとうは、わたしがいなくてもこの店にいらっしゃるんですよね。ここがお好きなんですもの」

「違うって……きみがいなくなったら、こんな退屈な店、二度と来ないよ。ほんとだよ」

「すみませんでしたね、退屈で」

恭一郎は敢えて口を挟む。

「ああ、退屈だよ。毎日、昭和の歌ばっかり流しやがって……たまには、クラシックもかけろよ。音楽喫茶なんだろ？」

満島が言って、恭一郎は沙耶香と顔を見合わせた。

「いいね！」

「はい、いいと思います」

「決まりだ。クラシックもかけよう。何がいいかな？」

「ヴィヴァルディの『四季』なんか、いいんじゃないか」

と、満島が口を挟み、

「いいかもしれないですね。昭和っぽくて」

沙耶香が賛同し、恭一郎もこくこくとうなずいた。

2

午後五時になって店をクローズし、恭一郎はお金の計算を、沙耶香は店の掃除をする。

恭一郎は素早くレジ締めを終えて、BGMを先日かけたあの『心の旅』が入っているCDに替えた。

あれから、自分がエレクトしなかったのはなぜなのか思いをめぐらせた。そして、不肖《ふしょう》の息子が元気になるには、葉山万智と親密だった頃を思い出す必要があるのでは、という考えが浮かんだ。

勃起のキッカケになるのは、当時自分が聴いていた二人の思い出が詰まった『心の旅』や、その周辺の曲ではないだろうか――。

それらの曲を聴くと、葉山万智との燃えるような情事を条件反射的に思い出して、心身ともに当時の自分に戻り、性欲も活発化する。

そして今、目の前にいるのは、万智を彷彿《ほうふつ》とさせる池田沙耶香だ。だからこそ、古希《こき》直前の自分が性交可能な状態になる。

そう考えると、すべてが説明できそうな気がする。

一九七三年(昭和四十八年)にヒットしたカーペンターズの『イエスタディ・ワンス・モア』が店内に流れて、その伸びやかな英語の歌声に、テーブルを拭いていた沙耶香の手が止まった。

恭一郎の心と体を活気づける、あのCDだと気づいたに違いない。

沙耶香が明らかに掃除を急ぎはじめた。

恭一郎はこの前、沙耶香がやったように、窓という窓のカーテンを閉め、玄関ドアのクローズの札を確認し、小さな窓をカーテンで覆《おお》った。

それから、店の照明を絞る。

すると、沙耶香も何が行われるのか察知したようで、そそくさにテーブルの拭き掃除を終えて、手を洗う。

恭一郎が奥の半円形をしたロングソファに腰をおろすと、沙耶香が近づいてきた。この前と違うのは、彼女が制服をつけている点だ。

「着替えるのは、あとでいいよ……ありがとう。沙耶香ちゃんのお蔭で今週も乗り切れた。さあ、座って……」

ぽんぽんとソファの座面を叩くと、沙耶香が制服姿で隣に腰をおろす。

このタイミングをはかっていた。すぐに、曲が『心の旅』に変わり、前奏なしで、いきなり歌がはじまると、恭一郎は沙耶香を抱きしめた。

こうなることを予想していたのだろう。沙耶香はされるがままで、恭一郎がキスをすると、情熱的に唇を吸いながら、恭一郎を抱き返す。

（ああ、来た！　やっぱり、来た！）

この曲が万智との熱い情交を思い出させ、それがエレクトにつながるのだ。

曲自体はそれほど長くはない。

恭一郎は焦《あせ》り気味に舌を押し込み、からめる。そうしながら、白いフリル付きのエプロン越しに胸のふくらみをつかんだ。揉《も》みはじめると、大きくて柔らかなふくらみが感じられて、

「んんんっ……!」

沙耶香は必死にキスに応えて、舌をつかう。

さらに、キスの角度を変えたとき、股間の分身は痛いほどにいきりたってきた。それを知ってほしくて、沙耶香の手をふくらみに導く。

最初はおずおずと触れていた沙耶香だが、分身が先日の自宅とは違って、雄々《おお》しくそそりたっていることに気づいたのだろう。

一転して、激しくそこをさすり、ついには握ってくる。

キスも大胆になり、貪《むさぼ》るように舌をからめながら、ズボンの股間を情熱的に撫《な》でさすってくる。

それから、沙耶香はキスをやめて、下を向き、恭一郎のズボンのベルトを緩めて、膝《ひざ》まで押しさげた。

ブリーフのサイドから右手を押し込んで、じかにイチモツを握る。

おずおずとした動きが徐々に激しいものになり、ブリーフのなかで肉柱を握り

しごかれると、それだけで、恭一郎は暴発しそうになった。

（やっぱり正しかった。こうしたら勃《た》つと思っていた）

ブリーフがもこもこと波打つのを見て、お礼を言う。

「ありがとう。きみのお蔭で、僕は青春を取り戻している」

沙耶香もじっと恭一郎を見て、自分から唇を求めてきた。二人はキスをしながら、曲を聴く。

万智との情交のひとつひとつが走馬灯《そうまとう》のように浮かんできて、それが沙耶香とのセックスに勇気を与えてくれる。

『心の旅』が終わって、次の曲に移ったとき、沙耶香は恭一郎の分身が力を失わないか不安になったのだろう。

恭一郎の前にしゃがんで、ブリーフをおろし、ズボンとともに足先から抜き取った。

鋭角にそそりたつ肉柱は経年劣化でいささか浅黒く変色しているものの、先端には茜色《あかねいろ》にてかつく亀頭部《きとうぶ》が完全露出して、てり輝いている。

それを目にした沙耶香がハッとしたように恭一郎を見た。大きな目をきらきらさせながら、右手で肉柱を握る。

黒いワンピースに白いフリル付き胸当てエプロンをつけた制服姿で、恥《は》ずかしそうにうつむきながらも、肉茎を右手でしごきだした

最初のときもそうだった。沙耶香はいったん攻めに転じると、一気に積極的になる。

「くぅぅぅ……！」

恭一郎はもたらされる悦《よろこ》びに、天井を仰《あお》いだ。

気持ち良すぎた。

だが、ほんとうの快感はそれからだった。

足を開いて座っている恭一郎の前にしゃがんで、沙耶香が顔を寄せた。次の瞬間、亀頭部に粘っこく、温かい舌がちろちろと触れてきた。

「あっ……！」

驚いた。先日は、分身が役に立たなくても、沙耶香はフェラチオをしてくれなかった。それなのに……！

（もしかして、沙耶香も自分と同じように曲に反応しているのか。あるいは沙耶香に万智が乗り移っているのか？）

万智はフェラチオが得意だった。

『こうしていると、自分から攻めている気がするの。サービスではなくて、サディスティックに攻めているの。恭一郎を支配しようとしているのよ』

万智はよくそう言っていた。

だが、おそらく沙耶香にはそんな気持ちはない。こうすれば悦んでくれるということを一生懸命にしているだけなのだろう。

それはまだ沙耶香が性的な意味で、万智ほど成熟していないからかもしれなかった。

沙耶香はチュッ、チュッと亀頭部にキスを繰り返し、垂れ下がってきた髪をかきあげる。それから、尿道口にちろちろと舌先を躍らせる。

恥ずかしいのか、顔は見せようとしない。その代わり、右手で茎胴を握ってしごく。見方によっては、巧みであるし、下手なりに精一杯やっているようにも思える。

いずれにしろ、沙耶香がここまでしてくれるということ自体が、恭一郎には驚きであるし、感謝しかない。

自分はもうすぐ古希を迎える、地位も金もさほどない普通の初老のオッサンだ。そんな男に若くて魅力的な女性が、心ばかりか肉体までも許してくれる。現実にはほとんどないだろう。しかし、いま実際に起こっている——夢としか思えなかった。

鈴口《すずぐち》への愛撫《あいぶ》を終えると、沙耶香はぐっと姿勢を低くして、いきりたつものを指で腹に押しつけた。裏側を見せている屹立《きつりつ》の裏すじに沿って、ツーッ、ツーッと舐《な》めあげてくれる。

「ああ、気持ちいいよ……沙耶香ちゃん、気持ちいいよ、すごく……」

思いを告げると、沙耶香は初めてちらりと見あげてきた。裏側に赤く細い舌を走らせながら、はにかむように恭一郎を見あげてくる。

（ああ、かわいい。沙耶香はきれいさとかわいさを兼ね備えている。美容師になったら、男の客の予約で一杯になるだろう。俺も常連さんになって、髪を切ってもらいたい。いっそのこと、完全に白髪に染めてもらうか。沙耶香は俺の髪をととのえながら、さりげなくオッパイを押しつけるだろう……）

愚にもつかないことを夢想している間にも、沙耶香は右手で肉柱の表側をかるく握りながら、あらわになっている裏側に丁寧に舌を走らせる。

「ああ、ウソみたいだ。沙耶香ちゃんにここまでしてもらって……気持ちいいよ、すごく……」

「わたし、下手でしょ？」

「いや、上手だよ……それに、上手下手なんてないんだよ。僕はきみにこうしてもらえるだけで、ものすごくうれしいんだ」

「マスター、ほんとうにやさしいね」

沙耶香は見あげて言って、そそりたつものを上から頰張《ほおば》ってきた。

ふっくらとした厚めの唇をいっぱいに開けて、亀頭冠《きとうかん》まで吞《の》み込み、そこでしばらくじっとしていた。

それから、ゆっくりとした動きで唇をすべらせて、途中まで往復させる。それを何度も繰り返してから、いったん吐き出して、茎胴を握りながら、見あげてくる。

「……わたし、上手じゃないって自分でわかります。ゴメンなさい。上手になりますから、今は我慢してください」

沙耶香は愛らしいことを言って、今度は右手で根元を握った。

おずおずとしごき、これでいいのか、という顔で見あげてくる。

「上手だよ、すごく……気持ちいいよ。でも、もっと強くしてもいいかな……そのへんは圧迫されながら擦《こす》られると気持ちいいところだからね」

「はぁ……」

沙耶香は長くしなやかな指を勃起にからませ、強弱をつけて擦っては、「はぁああ」と震える吐息《といき》をつく。

そのとき、恭一郎の耳がぴくりと動いた。

店に流れる曲が『わたしの彼は左きき』に変わったのだ。

「あっ、麻丘めぐみだ」

思わず声をあげていた。〈わたしの彼は左きき〉という歌詞を聴いて、沙耶香もピンと来たのだろう。

「そうだね。やってもらいたいかな」

「左手でしてみましょ。わたしの彼女は左利《き》きっていうのも、いいでしょ」

「じゃあ、やってみるね」

沙耶香が左手で勃起を触りはじめた。最初はぎこちなかったが、それでも触っているうちに慣れてきたのだろう。

カリの部分を丸く撫でて、全体をやわやわと愛撫する。それから、茎胴を握って、ゆるやかにしごいた。

「どうですか？」

「ああ、普通に気持ちいいよ」

微笑《ほほえ》んで、沙耶香は右手も添えて、両手で硬直をすりこぎ棒みたいに擦った。自分がしたことに滑稽《こっけい》さを感じたのか、自分で噴き出した。

それから、そっと顔を寄せてきた。

いったん手を外して、唇をひろげ、亀頭冠まで頬張る。

そのまま、おずおずと顔を打ち振るので、唇が亀頭冠の出っ張りを擦ってきて、ひどく具合がいい。

「いいよ、上手だ。カリを擦られるのが、すごく感じる」

恭一郎としても、感じ方を入念に伝えたい。そうしたほうが、沙耶香もフェラチオが早く上達するだろう。

沙耶香は小さく顔を打ち振って、カリを中心に唇と舌で摩擦する。それに慣れてきたのか、今度は余っている部分を右手で握りしめて、ゆるゆるとしごきはじめる。

そのしごき方と、唇のストロークが絶妙なハーモニーを奏《かな》でるときがあって、ジーンとした熱さに似た悦びの波がうねりあがってくる。

（ああ、たまらん……）

うっとりと目を閉じた。

沙耶香の姿を見たくなって、目を開ける。

白いカチューシャが揺れている。黒いワンピースを包んでいるフリル付きの白いエプロンをつけた沙耶香が、床に膝を突き、恭一郎の下腹部に覆いかぶさるようにして、肉の塔をしゃぶってくれているのだ。

恭一郎は猛烈にオマ×コをしたくなった。

「沙耶香とつながりたい。早すぎるかな？」

問うと、沙耶香はちゅるっと吐き出して、早くはないとでもいうように、首を左右に振る。

「悪いけど、テーブルに手を突いてくれないか」

「……こうですか？」

沙耶香が目の前のテーブルに両手を突いて、ためらいがちに腰を突き出してくる。

「これでいいよ」

恭一郎は後ろにまわって、ワンピースのフレアスカートをまくりあげた。

「あっ、いやです……」

「恥ずかしい？」

「はい……」

「だけど、これがしやすいんだ。沙耶香もすごくエロチックだし……我慢してくれるかな？」

「……わかりました」

スカートをまくりあげて留めたとき、恭一郎はハッと息を呑んだ。

黒いガーターベルトで太腿《ふともも》の途中までの黒いストッキングが吊《つ》られていたからだ。しかも、その上には白の小さなパンティを穿《は》いている。

おそらく、沙耶香は今夜のためにガーターベルトを準備してきたのだろう。少しでも色っぽく見せたいという、沙耶香の気持ちが伝わってくる。

恭一郎は後ろにしゃがみ、膝を突いた。それから、白いレース刺しゅう付きパンティの上から双臀《そうでん》をそっと包み込んだ。

「あっ……！」

沙耶香がビクッとして、腰を逃がす。

揺れる尻たぶをそっと撫でまわし、さらに、指を双臀の奥へと這《は》わせる。白い二重になったクロッチを指でさすると、そこが湿っぽくなって、さらには、ぐち

ゆ、ぐちゅと淫靡《いんび》な音とともに、ヒップがもどかしそうに揺れ、

「いや、いや、いや……」

と、沙耶香が顔を振った。

恭一郎がかまわずクロッチをなぞりつづけると、そこにシミが浮き出て、ぬるっとした感触が指の腹にまとわりついてくる。

恭一郎はパンティに手をかけて、引き下ろし、足先から抜き取った。

黒いガーターベルトで透過性の強い黒いストッキングを吊っていて、尻も陰毛も女の器官も、すべてあらわになっていた。

楚々《そそ》とした恥肉を目にしたとき、恭一郎は強烈にそこを舐めたいと感じた。

尻をつかんで引き寄せ、尻たぶの狭間《はざま》に下から舌を這わせていくと、

「い、いやっ……！」

沙耶香が腰を逃がした。やはり、シャワーも浴びずにクンニされるのは、いやなようだ。

気持ちはわかる。しかし、制服姿を目の前にして、思いやりよりも欲望が勝った。

（ゴメン……少しだけ我慢してくれ。絶対に気持ち良くさせるから……）

恭一郎は顔の位置を低くして、女の肉花を舌であやす。

ぷっくりとした肉丘の狭間を慎重に舌でなぞると、肉びらがひろがって、内部が少しずつのぞいてきて、

「ぁああ、恥ずかしい。でも気持ちいい……こんなの初めてです。ぁああ、マスターの舌、気持ち良すぎる……あっ、あっ……」

クリトリスを舌先でツンツンして、指で転がす。

沙耶香の腰がもどかしそうに揺れはじめた。指に挟むと、肉の真珠がぬっと現れ、そこを舌であやす。つづけるうちに、沙耶香はもう我慢できないとでもいうように腰をくねらせて、

「ああ、マスター……もう、もうダメです」

逼迫《ひっぱく》した声で訴えてくる。

「きみとひとつになりたい。いいかい？」

「はい……わたしもマスターとひとつになりたい。ください……」

沙耶香がきっぱりと言い、テーブルにしっかりと両手を突いて、背中を反《そ》らせ、腰を突き出してくる。制服のスカートはめくれあがって、ぷりっとした桃尻が、淡い黄色のアンティークな照明に浮かびあがっていた。

太腿の途中までの黒い透過性の強いストッキングが、長い足を包んでいて、それを吊る何本かのガーターベルトが尻を縦に走っている。

恭一郎は真後ろについて、いきりたつものを尻たぶの底の割れ目にそっと押しあてる。

切っ先で沼地をさぐり、慎重に押し進めていく。入口がほぐれて、奥へとすべり込んでいく確かな感触があって、

「ぁあああ……！」

沙耶香がのけぞりながら、抑えきれない声をあげた。

恭一郎は腰を引き寄せながら、くっと奥歯を食いしばる。

相変わらず沙耶香のそこは、窮屈なのに内部は熱く蕩《とろ》けていて、侵入者にからみつきながら、内へ内へと吸い込もうとする。

（すごすぎる……俺は幸せ者だ。この歳で、まさか、こんな若い美人を抱ける日が来るとは……！）

恭一郎は夢見心地で、腰をつかう。

緊縮力の強い肉の道を押し広げながら押し込んでいく。切っ先が奥のほうに届くたびに、

「あんっ……！」

沙耶香は顔をのけぞらせ、テーブルに突く手に力を込める。

その背中の反り具合や、洩《も》れる喘《あえ》ぎが、恭一郎にこの交わりが現実であることを自覚させる。

恭一郎は強く打ち据《す》えたいのをこらえて、ゆっくりとストロークする。スカートをまくりあげておいて、仄白《ほのじろ》い尻めがけて静かに抜き差しをする。

すると、そのスローな打ち込みがいいのか、

「ぁあ、すごい……感じるのよ。マスターがなかにいる……気持ちいい……ほんとうに気持ちいい……ぁあああぅぅ」

テーブルに両手でつかまった沙耶香が下を向いたまま、心から感じている声を放つ。

その喘ぎが、恭一郎をさらに昂《たかぶ》らせる。

じかにウエストをつかみ寄せながら、仄白く浮かびあがったヒップめがけて、勃起《ぼっき》を叩き込んだ。

パチン、パチンと乾いた音がして、

「あんっ、あんっ、あんっ……」

沙耶香の喘ぎがスタッカートする。

喘ぎが、店内に流れているフィンガー5《ファイブ》『個人授業』のメインボーカルと、まるで声の甲高《かんだか》さを競い合っているようだ。

レトロ風の喫茶店で、昭和四十八年と四十九年に流行《はや》った曲が次々とかかり、恭一郎は昭和の時代へタイムスリップしているような錯覚におちいった。

だが、今、自分が抱いているのは、葉山万智ではない。現在を明確に生きている池田沙耶香という専門学校生なのだ。いまだに万智のことは忘れられない。しかし、こうして今を生きている女性との交わりは、自分にとって尊い。

強弱をつけて打ち据えていると、沙耶香の様子がさしせまってきた。

「あんっ……あんっ……ぁああ、いい……マスター、イキたい。イキたくなった。でも、イケない」

恭一郎は沙耶香の上体を立たせて、胸当てエプロンとワンピースの間に右手をすべり込ませる。ワンピースの襟元《えりもと》から手を差し込んで、ブラジャーごと乳房をつかんだ。沙耶香のウイークポイントが乳首であるのを知っている。

揉みしだきながら、ぐいっ、ぐいっと後ろから突きあげると、

「ぁああ、いいんです……あんっ、あんっ……ぁああ、もっと！」

沙耶香が腰を後ろに突き出しながら、欲望そのままに激しくくねらせる。

恭一郎はブラジャーを強引に押し上げた。まろびでてきた、たわわな乳房をつかみ、頂上の突起を指で触る。

すると、柔らかだった乳首があっという間にしこって硬くなり、

「ぁあぁ、すごいの……マスター、わたし、おかしい。そうされると、すぐに良くなってしまう。ああ、わたし、へんなんだわ」

沙耶香は前傾した恭一郎の首の後ろに手をまわして、のけぞりながら、尻を押しつけてくる。

恭一郎は背後から勃起を突き出しながら、エプロンの下の乳首をかわいがる。しっとりと汗ばんできた乳肌を揉みしだきながら、中心の突起を捏《こ》ねる。指に挟んで転がし、トントンとトップを叩く。次は根元からかるく引っ張って、くにくにと捏ねる。

乳首を放して、乳房全体を手のひらで揉み込む。柔らかなしなりを感じながら、後ろから突きあげる。

「あんっ……あんっ……ぁああ、マスター、へんになる。わたし、おかしくなる……」

沙耶香がぎりぎりの状態で訴えてくる。

「いいんだよ。イッて……僕はきみのすべてを受け入れる。きみがオシッコを漏らしても、潮吹きをしても、すべてね。だから、全部、さらしてほしい。きみのすべてを見たいんだ」

そう言って、恭一郎は徐々にストロークのピッチをあげていく。

おそらく今回も射精しない。だが、かまわない。沙耶香がオルガスムスを迎えることが、恭一郎にとっても最高の悦びなのだ。射精など二の次だ。これはウソではない。事実だ。古希を前にして、そういう心境になった。

右手で乳房の頂《いただき》をいじり、左手で腹部を引き寄せながら、恭一郎はつづけざまに突きあげた。

「ああ、来るわ。来そう……イキます!」

「いいよ。イキなさい」

恭一郎はスパートした。胸を揉みしだきながら、後ろから沙耶香の上体を持ちあげるように、ぐいぐいとえぐり込んだ。

「ぁああ、すごい……当たってる。当たっているの……あんっ、あんっ、あんっ……イク、イク、イッちゃう……イキます……いやぁああ!」

沙耶香は、店内の隅々まで響きわたる嬌声《きょうせい》をあげ、がくん、がくんと躍りあがった。

私服に着替えた沙耶香を、食事に誘った。

「夕食、一緒にどう？」

「いいですね」

「どんなものがいい？」

「どうしようかな……」

「何でもいいぞ」

「じゃあ、ステーキを食べたい」

「新しくできたステーキハウス、美味しいらしい。あそこにするか」

「うれしい！」

「じゃあ、行こう。僕は明日も休みだから時間はたっぷりある。きみは？」

「わたしも、明日の夕方まで予定は入っていません」

「……そうか。じゃあ、夕食のあとで、家に来るか？」

「ええ……でも……」

「大丈夫。今度は大丈夫だ……たぶんだけど。さあ、行こう」

恭一郎が玄関ドアを開けると、沙耶香はリブニットの上にコートをはおった。

沙耶香は先に出て、恭一郎が鍵をかけるのを確認した。

周囲に人目のないことを確かめると、恭一郎の左腕にそっとつかまり、一緒に歩きだした。

第三章　カラオケの若妻―DESIRE

1

「おい、沙耶香ちゃんはどうした？　どうして、彼女の代わりに、甥《おい》ッ子がいるんだよ？」

　満島忠志が眉間《みけん》に皺《しわ》を寄せて、阿川壮介を見た。

　火曜日の午後に、池田沙耶香の姿はなく、甥の壮介が猫背でウエイターをしているのだから、満島が訝《いぶか》るのも無理はない。

「沙耶香ちゃんは……辞めた。いや、はっきりしないんだけどね……とにかく、しばらくは出てこない」

　阿川恭一郎は曖昧《あいまい》に答える。

「何なんだよ、そのいい加減な言い方は……沙耶香ちゃんがいないなら、俺はもうここに来ないからな」

満島が憤《いきどお》って、コーヒーカップをソーサーに打ちつけた。

恭一郎だって、沙耶香が『音楽喫茶フジ』にいないのは信じられない。この現実を信じたくない。

あの夜——。沙耶香とステーキハウスで柔らかいステーキを食べてから、二人は恭一郎の家に向かった。

少し休んでから、先にシャワーを浴び、寝室で待っていると、沙耶香が部屋に入ってきた。

沙耶香の裸身は伸びやかで、グラマラスだった。とくに、乳首がツンと上を向く乳房の形が素晴らしかった。

恭一郎は、自分には勿体《もったい》ないほどの裸身を、じっくりと、慈《いつく》しむように愛撫《あいぶ》した。

沙耶香もそれに応えて、身悶《みもだ》えをするほどに感じて、女の秘所をしとどに濡らした。

だが、この前に家に来たときと同じように、イチモツはままならなかった。

恭一郎は、窮地においいった場合に備えて、用意しておいたものがある。

いつも店でかける、一九七三年（昭和四十八年）と七四年のヒット曲メドレーのＣＤの原盤が家にある。

沙耶香を待たせて、それをかけた。カーペンターズの今は亡きカレンの歌声が寝室に響き、そのあとに『心の旅』が流れた。

（ああ、来たぞ、来た、来た！）

恭一郎は大いに期待した。だが、どうしてもムスコは元気にならなかった。うなだれているわけではない。途中までは身を起こすのだが、そこから、ギンとしてこないのだ。

沙耶香もその事実を知り、これではいけないと思ったようで、一生懸命に頬張《ほおば》り、舐《な》めて、しごいてくれた。

だが、どうしてもイチモツは挿入《そうにゅう》可能な硬さにはならないのだった。

『ゴメン……僕には指と口がある。沙耶香を愛させてくれ』

そう言って、指と舌を駆使した。

沙耶香は戸惑っているようだったが、恭一郎の思いやりに応えたかったのだろう、最後は恭一郎の指と舌で激しく頂上に昇りつめた。

その夜、沙耶香は帰宅しようとしなかった。

『きっと、マスターは疲れているんだわ。明日になれば、元気になるよ。一緒に寝たいんだけど、いいですか？』

沙耶香が訊《き》いてきたので、恭一郎は笑顔でうなずいた。

そして翌朝、恭一郎はもう一度チャレンジしたものの、また結果が出ない。分身は本人の願望や意思とは裏腹に、力を漲《みなぎ》らせなかった。

さすがに、気まずい空気が流れた。

沙耶香は朝食を作ってくれたが、食べ終わると、素っ気なく『帰るね』と言って、家を出ていった。

だが、どうも沙耶香は、その一件があったから店を辞めたわけではなさそうだ。いや、そもそも辞めてはいない。

次の週になってから、美容専門学校の夜間部に通っている若い男が、夕方の閉店間際に店に来て、沙耶香と連れ立って学校に行くようになった。

波島洋治《なみしまようじ》という二十三歳の男で、働きながら学校に通っているらしかった。体格がよく、肌の色も浅黒く、いかにも喧嘩が強そうだった。

沙耶香は最初、彼が店に来るのを嫌っているようだったが、やがて、態度を軟化させて、一緒に学校に通うようになった。

その彼と、男女の関係になっているのかはわからない。

波島が店に顔を出すようになってから数日後、沙耶香が理由も告げずに、いきなり「しばらく休ませてください」と申し出てきた。恭一郎が、きみの代わりなんていない、と言うと、

『大丈夫。壮介くんがいます。壮介くんに、しばらく休むから、その間、わたしの代わりを頼みたいって言ったら、『きみの頼みじゃあ、断れない』って引き受けてくれました。壮介くんではご不満ですか？』

『いや……彼がやってくれるなら。でも、ほんとうに了承したの？』

『ええ……壮介くん、この店が好きなんですよ……』

二人の間には、何かわかりあえるものがあるのかもしれない。壮介が沙耶香に好意を抱いていることは、誰の目にも明らかだった……。

そして今日から、甥の壮介が、沙耶香の代わりに働きはじめた。

壮介がほんとうに店にやってきたのには、感心した。といっても、まだ半日だから、この先どうなるかはわからない。

混雑のピークとなる土日のランチ時だけは、どうしたものかと考えている最中だ。

店の前に、土日の午前十一時から午後二時までの募集チラシは貼ってある。だ

が、土日のいちばん貴重な時間を費やしても合計六千円では、どうなのだろう……と不安が先行してしまう。自分ならやらない。しかし、中には都合のつく人もいるだろうから、それを当てにするしかない。

いずれにしろ、壮介には何としてでも、つづけてもらわなければ——。

「沙耶香ちゃんに何かあったのか？」

満島が執拗《しつよう》に訊いてくる。気持ちはわかる。

「いや……どうなんだろう？」

「あんた、手を出したんだな。彼女に手を出して、拒否されたんじゃないのか。それで、逃げた？」

「違いますよ。それは、違います」

「だったら、どうしてなんだ。あんなに愉《たの》しそうだったじゃないか。マスター以外に理由は思いつかないんだよな。ひょっとすると、甥ッ子がせまったのか？」

満島がちらりと壮介を見る。

壮介は何も知らずに壁に背中を預け、目を瞑って、昭和のラブソングを聴いている。

（壮介は関係ない！）

恭一郎は沙耶香とはいい仲になったのだが、この店以外の場所では、自分のイチモツが勃《た》たず、それを繰り返すうちに彼女は傷ついた。

それだけではなく、ちょうど同じ時期に、美容学校に通っている年上の男がこの店に頻繁に来るようになって……。

そういった事実を打ち明けたいという気持ちはある。しかし、世の中には秘密を打ち明けても大丈夫な人と、そこから火事のように燃え広げてしまう人がいる。満島はおそらく後者だ。

「違います。壮介は幾らなんでも、そんな大胆なことはできませんよ」

「じゃ、何なんだよ。思い当たる節はないのか」

満島はくどいほど追及してくる。歳をとって、ヒマになった元エリートは、しつこくていけない。

恭一郎は押し黙ったまま、首を左右に振る。

「そうか……じゃあ、今週末に予定していたカラオケ大会は中止か……沙耶香ちゃんも、それならそれと言ってくれなくちゃな」

満島が妙なことを口にした。

「何ですか、カラオケ大会っていうのは？」

「ああ、じつは、沙耶香ちゃんとひそかに計画していたんだよ。俺がカラオケセットを持っているからさ、店に持ち込んで、みんなでカラオケ大会をするかって……日曜の夜なら、沙耶香ちゃんも学校が休みだから、時間取れるだろう。歌は昭和と平成に限る、つまり、懐メロ大会ってやつだな」

満島がまさかのプランを披露したとき、それが耳に入ったのだろう、壮介が身を乗り出してきた。

「えっ、カラオケ大会するんですか？」

「……ああ、懐メロ大会な。沙耶香ちゃんと計画を立てていたんだ。なのに、いなくなっちゃって！」

「いいじゃないですか、やりましょうよ、懐メロカラオケ大会。俺も協力しますよ」

壮介がまさかのことを言った。

「沙耶香ちゃん、なしでか？」

「ええ……彼女の不在を、みんなで懐メロ歌って吹き飛ばしましょうよ」

壮介は引きこもりだったとは思えないほどに、積極的だった。

「いいけど、きみがそう言うなら……マスター、いいだろ？　どうせ沙耶香ちゃんはいないんだから、土曜日の夜にしようか。今週末の土曜日の午後五時から、カラオケ大会しようぜ。参加費は三千円。ただし、ひとり一品必ず食料を持参すること。ドリンクは基本、キリンのラガービールで。ビールは店で用意できるだろ？　昭和っぽく、コーラやファンタも用意しよう。それは俺のツテでどうにかする……壮介、お前ミュージシャン志望だったんだよな。ギターとかタンバリンとか持ってきて、盛り上げろよ」

「わかりました。」

「よし、決まりだ。いいよな、阿川ちゃん。ダメとは言わせないよ」

恭一郎もうなずくしかなかった。そのくらいしないと、自分も沙耶香を失ったダメージから逃れられない。

もちろん騒いだところで、所詮《しょせん》そのときだけの逃避であることはわかっている。だが、やらなければ、なおさら寂しさが募《つの》ってしまう。

2

急遽開催された懐メロ大会だが、口コミで十名ほどの客が参加して、『音楽喫茶フジ』は、歌声と拍手、歓声でオープン以来の盛りあがりを見せていた。

顔ぶれは、隠居暮らしをしている高年齢層のオヤジや、現役でまだまだ元気に働いているミドルエイジ、そして、昭和ポップス好きの若者たちが集まってきて、竹内まりやの『プラスティック・ラブ』をみんなで格好よく踊る。

主役は、近所の二十三歳の保育士だった。

竹内まりやばりのスタイルの良さで、歌も上手だ。この人が保母さんなら、恭一郎は喜んで保育園に通うだろう。

そして、後半のコーラスで参加したのは、阿川壮介だった。

以前から、この曲はすごい、と言っていたとおり、壮介はギターを弾《ひ》きながら、コーラス部分を熱唱して、場を大いに盛り上げた。おそらく、自分が山下達郎になった気分なのだろう。

そのとき初めて、「壮介、カッコいいじゃないか」と思った。

商店街のオッチャンたちによる、ぴんからトリオの『女のみち』が始まると、笑いを誘いながらも、その渋くて、しゃがれた歌声に大歓声が起こった。

年代が徐々に現在に近づいてきた。

一九八六年（昭和六十一年）は、じつは大ヒット曲が連発した年だった。

テレサ・テンの『時の流れに身をまかせ』は、満島忠志が歌った。ほんとうは色っぽい女性に歌ってほしかった。満島は、歌は上手かったが気持ち悪い。

彼が感情移入しているのはよくわかる。これまでも、そうやって自分の色に染めてきた女が何人かいたに違いない。これはそういった女たちへの贖罪《しょくざい》の歌であり、同時に、讃歌だった。

直後に『天城越《あまぎご》え』の前奏が流れると、仕事をほっぽらかしてカラオケ大会に参加したスナック『みつぎ』のみつぎママが登壇した。

「わたしが、みなさんを唸らせてあげるわね……このために、この派手な着物で来たんだから」

年齢不詳だが、おそらく四十代後半だろう。ママは袖の長い派手な和服姿で前奏を聴く。満島よりも曲への感情移入が著しい。もう完全に、みつぎママは石川さゆりになりきっている。

歌いだした。抑えているが声は響いている。すぐにいちばん怖い歌詞が耳に飛び込んできて、恭一郎はゾクっとする。『愛憎』という言葉があるが、まさにそれだ。もっとも恭一郎は、女と仲がこじれて〈あなたを殺していいですか〉とまで至った記憶はない。

着物の袖を上手く使い、フリまでつけて、みつぎママは難曲を朗々と歌いあげていく。

〈からだうらはら〉のフレーズを聴いても発情しない男は、男女の愛を語る資格がないと思う。この歌はエロい。じつに、エロい。

つまりどんなに憎んでいても、抱かれると身体が反応してしまい、憎しみが消えてしまう。それだけ、性は女を支配するのだ。

みつぎママが歌い終えたとき、盛大な拍手と歓声が起こった。

この後にマイクを握る者は、相当歌いにくいだろう――。

そう思ったとき、これまでの曲とはまったく違った雰囲気の前奏がかかった。我が青春を彩《いろど》った歌姫、中森明菜の『DESIRE《デイザイア》―情熱―』だ。先程の二曲と競い合い、レコード大賞を取ったはずだ。

そして、登壇したのは、常連さんの客の妻である吉岡美樹《よしおかみき》だった。彼女の夫は土日になると、必ず店に来て、たっぷりと昭和歌謡を聴いていく。

夫に妻もついてきたのだろう。三十三歳らしいが、まだまだ若々しいし、前奏のときからすでに中森明菜になりきっていた。

夫の吉岡健吾《けんご》は四十歳の会社員。生まれが、おそらく一九八四年だから、これらの歌はまだ幼児のうちに聴いていたことになる。

母親が大の昭和歌謡ファンで、家庭では、常に昭和の曲が流れていたと言っているから、自然と耳に擦《す》り込まれたのだろう。

そして、夫の影響を受けたのが、美樹というわけだ。

登壇した美樹の姿に驚いた。当時中森明菜がステージで着ていたような、和風の着物風衣装をつけて、足元はブーツだ。

髪形もつやつやのボブヘアで、目に濃い化粧を入れている。

「よっ、明菜ちゃん。そっくり!」

夫が声をかけた。

歌いだしの音程やフリも正確で、上手だし、迫力があった。

そして、彼女がフリをつけながら歌いだしたとき、恭一郎は一気に数十年前に引き戻された。

一九八六年——。あのとき恭一郎は三十一歳で、まだ独立できずに、設計事務所で助手をしていた。
すべてに関して不安定な時期だった。仕事に恵まれない日々がつづき、コンペに応募しても結果がついてこない。

女性とも、つきあっては別れるを繰り返していた。しかも、一回一回が深くつきあったわけではなく、そこに至るまでになぜか破綻《はたん》してしまうのだ。

何をやっても上手くいかない年だったが、そんなとき、建築関係の業者の親睦会後に行われたカラオケ大会で、『DESIRE―情熱―』を見事に歌っている女性を見て、強烈に惹《ひ》きつけられた。

橋口京花《はしぐちきようか》――某大手建築会社に勤めるOLだった。外部の設計事務所などとスムーズなコミュニケーションをはかるための部署にいて、恭一郎も過去に一度逢ったことがあった。

恭一郎より二つ年上の三十三歳。

彼女が歌いはじめてすぐに、「おおおっ！」という歓声があがったくらいだから、そこにいた男性のほぼすべてが、彼女が中森明菜になりきって歌う姿に、昂奮していたのだ。

仕事をしたときの印象は、どちらかというと控えめで、決して出しゃばることはなく、上手く設計士とつきあっている感じだった。

だから、穏やかな人だと思っていた。

だが、違った。『DESIRE』を鋭い視線で歌いあげる橋口京花は、イメージとはまったく違い、激しく、情熱的だった。

その妖《あや》しい目線、腰振り、振り付けは、日常的な彼女の所作をはるかに超えていた。

カラオケ大会の直後に、橋口京花を窓口にして、二度目の仕事をした。

恭一郎は、カラオケで目撃した彼女の姿を思い浮かべて、熱い感情を引きずったまま逢った。打ち合わせのたびに京花とデートらしきものをして、タイミングを見計らってホテルに誘った。そして、二人は体を重ねた。

京花は普段は控えめで大人しい。だが、ある一線を越えると、大胆で奔放《ほんぽう》になった。相手は恭一郎とは限らず、誰でもよかったのかもしれない。

三十三歳でバツイチの京花は、女盛りを迎えて性欲を持て余しており、それを受け止めてくれる相手を待っていたのだろう。

それがたまたま恭一郎だったのだ。

童貞を捨てたのは早かったが、当時、恭一郎は三十一歳にしては、性的に未熟だった。

葉山万智はセックスに関して好奇心旺盛で挑戦的だった。今思えば、万智とのあの数年間は、恭一郎の性的人生で第一期のピークだった。

しかし、その後がいけなかった。初恋の女を裏切った自分への負い目があり、次の女性を作るのが遅れた。またそれ以降は、つきあっても深く交際するまでに至らなかったこともあって、性的な意味では、恭一郎は停滞していた。

それを一気に取り返したのが、橋口京花とのつきあいであり、肉体関係だった。

三十一歳にして、女性への性的スキルが著しく足らなかったのを、二歳年上の京花が教えてくれ、補塡《ほてん》してくれたのだ。

京花は随分とセックスに積極的だった。だが、イク寸前になると、完全にM女へと変貌した。

『わたしを壊して、とことん壊してよ。ぁああぁ、イク、イク、イッちゃう……いやぁあああああああ！』

と、のけぞりながら、獣のように咆哮《ほうこう》して昇りつめていく姿は、恭一郎に女の性がいかに凄まじいものかを教えてくれた。

つきあって一年後に、京花に突如縁談が舞い込み、彼女は稼ぎがよく、安定している年上の彼のほうを選んで、恭一郎を捨てた。

恭一郎はその一年後に、今は亡き妻と出逢い、逢った直後にこの女しかいないと感じ、半年後には結婚を申し込んでいた。

いずれにしろ、橋口京花との強烈なセックスはいまだに忘れられない。それは自分の体に刻《きざ》み込まれている。

壇上で『DESIRE—情熱—』を歌う吉岡美樹を見たとき、そこに、橋口京花の分身を見た。

恭一郎の心臓は激しく鼓動を刻み、股間が漲るのを感じた。

(ああ、まただ。また、来たぞ!)

沙耶香に万智の面影を見いだしたときの現象が、今また起きようとしていた。

(いいのか、相手は常連客の奥さんだぞ。そんな彼女にイチモツを勃起《ぼっき》させるなど、あってはならない。店主失格だ!)

そう自分を咎《とが》めてみた。

しかし、〈まっさかさまに堕《お》ちて……〉と、天才阿木燿子《あきようこ》の歌詞が美樹の口から放たれると、まるでそれが生き物のように肉棹《にくざお》を撫《な》で、さすり、しごき、恭一郎は陶然《とうぜん》としてしまうのだ。

歌が終わって、美樹がポーズを決めた。周りから万雷の拍手が鳴り響き、それを美樹は照れたように受け止めながらも、大きく一礼した。

そして、それを誰よりも喜んだのが、夫の吉岡健吾だった。

自分より七つも年下の、自慢の若い妻が、おそらく彼も大好きだろう中森明菜を歌って、大喝采《だいかっさい》を浴びる。そんな妻を見ることが誇らしいのだろう。

その後、歌は平成の曲へと移っていき、一時間後に散会となった。

恭一郎は結局、歌わなかったが、歌いたい人がいっぱいいるのだから、主催者《しゅさいしゃ》としては遠慮したほうがいい。

吉岡夫婦は去りがたい様子で、美樹はカウンターのなかに入って、料理の載っていた皿やコップを洗ってくれている。

その姿を見たとき、ピンと来た。

夫婦には子供がいないから、吉岡美樹も自由な時間があるだろう。だったら、と考えたのだ。まずは吉岡健治に打診した。

「勝手な提案なのですが……あの奥さまに、うちで働いていただくことは可能でしょうか。土日のランチ時だけでいいんです。一週間で三時間、三時間の合計六時間です。お金のほうはできるだけ出します。奥さまに打診していただけないでしょうか？」

と、切り出した。

相好《そうごう》を崩した吉岡を見て、けっこう乗り気になっていることがわかった。おそらく、美樹があの制服を着ている姿を想像して、昂揚《こうよう》したのだろう。吉岡は池田沙耶香の制服姿に強烈に惹かれていた。

美樹と相談していた吉岡が、近づいてきて、言った。

「美樹はやってくれるらしい。私もここは好きだから、美樹に手伝うように勧めたら、やりたいって……。私も妻がずっと家にいるより、多少は外で働いたほうが精神衛生的にもいいと思っている。今週からできるんだよな、美樹？」

「はい……わたしもこの店が好きです。今夜も出しゃばってしまって……」

「いえ、素晴らしかったです。僕も明菜ファンでしたから、美樹さんの歌にすごく感動しました」

「ありがとうございます……よかったわ。やり過ぎたかなと思っていたんですよ」

「いえ、最高でした。うちで働いていただけるなんて、心からうれしいです。よろしくお願いします」

「こちらこそ、よろしくお願いします。でも、ゴメンなさい。ウエイトレスはしたことがないので……」

「大丈夫です。吉岡さんなら、完璧にできます」

言うと、美樹は夫と顔を見合わせて、はにかんだ。

3

その後、吉岡美樹は土日に店に出て、ランチタイムを手伝ってくれた。

美樹があの椿屋風制服を着ると、沙耶香とは違う女の色気がむんむんとあふれでる。

『沙耶香ちゃんも良かったけど、美樹さんもいいよ。さすが三十三歳の人妻だね。落ちついているし、そこはかとない色気が滲《にじ》んでるよ。土日限定じゃ、もったいない』

それが客たちの概《おおむ》ねの評判であり、それを聞いて夫の吉岡も喜んでいた。普通はかえって心配になるような気がするのだが、どうも、健吾は妻に対して、通常とは異なる感覚を抱いているようだ。

カラオケ大会から二週間が過ぎて、『音楽喫茶フジ』も沙耶香なしでどうにかまわるようになった。

美樹が今週の土日、開店から閉店までフルタイムで働きたいと申し出てきた。聞けば、夫が東京に出張して、土日は家を空けるのだと言う。

恭一郎は喜んでそれを受け入れた。

甥の阿川壮介は、沙耶香の言いつけを守り、とても引きこもりだったとは思えない律儀《りちぎ》さで、休日を除いて店に出てくれた。

だが、最近、明らかに疲れが見える。目を閉じたまま、心ここにあらずの状態が幾度となくあって、そのたびに、恭一郎は不安に襲われていた。

そんな壮介に休養を取らせるためにも、土日のランチタイムの後は、休みを取ってもらうことにした。

土曜日に店を閉め、美樹が私服に着替えたとき、恭一郎は美樹をディナーに誘った。

今夜は夫が留守だそうだから、帰宅してもひとりだろうし、たまには違う男とディナーに行くのもいいだろう。

美樹はとても喜んで、お酒を呑《の》みたいから、居酒屋がいいと言った。

行きつけの居酒屋で、美樹は想像していた以上の酒を呑んだ。そして、酔っ払った。

美樹は落ちついているが、ゆったりとした顔が酔いで朱《しゅ》に染まっていて、人妻の色香がおのずと匂い立ってしまう。

普段は控えめなのだが、いざカラオケのステージに立つと、自己主張の強い女に豹変《ひょうへん》する。そういう意味では、橋口京花と似ていた。

二人とも柔と剛、明と暗、善と悪が同居しているように見える。ただ、容姿は美樹のほうがふっくらしていて、髪も長く、セミロングのウエーブヘアが温和そうな顔を包んでいる。

恭一郎がカラオケ大会の熱唱が素晴らしかったと、酒の肴《さかな》に話すと、美樹はあれは夫の健吾のリクエストだったと言う。

「健吾さん、あの曲が好きで、ぜひ俺のために歌ってくれって……思い出がある歌みたいですよ」

美樹が言った。

恭一郎も黙っていられなくなり、ついつい口にしていた。

「じつは、僕もそうなんですよ。三十一歳の頃、『DESIRE』をカラオケで熱唱する女性に一目惚れしまして……しばらく、つきあっていました。彼女はすぐに、違う男のもとにお嫁に行きましたけど……」

「そんなことがあったんですか？」

「ええ……歌っているときの美樹さんが、その彼女に雰囲気が似ていて、昔を思い出してしまって」

「……そうだったんですか。それでわたしに、働かないかと声をかけてくれたんですね？」

「あっ、いや、お恥《は》ずかしい……」

「謎が解けました。でも、実際に働くところを見て、わたしはどうですか。使い物にならないでしょ？」

「いえ、とても助かっています……あなたに声をかけてよかったと思っているんですよ。やはり、主婦だから調理もできますし、ウエイトレスとしても申し分がない。それに、とてもよく気づかれる方で……正直言って、前にいた子が辞めたような形になって、どうしようかと悩んでいたんです。美樹さんに手伝ってもらって、心から助かっています。もっと長い時間、うちで働いてほしいくらいです」

「ほんとうに、そう思われていますか？」

「もちろんです。美樹さんは素晴らしい方ですよ」

「そうでしょうか……わたし、自分に自信が持てなくて」

「どうしてですか？」

「……じつは、主人が……」

美樹が何か言いかけて、やめた。

「何ですか？　言ってください。大丈夫ですよ」

「主人はわたしをダメな女だと……子供もできないし、家事はミスが多いし、あっちも下手くそだって……俺が他に女を作っているのも、そもそもはお前が無能だからだと……」

「はっ……？」

恭一郎はびっくりしすぎて、二の句が継げない。

吉岡健吾は最悪な男だった。これは、セクハラかパワハラか、はたまたモラハラか……。

いずれにしろ、常識を逸脱《いつだつ》している。どうにかして、吉岡美樹を救いだしてあげたい。

「美樹さん、さっきも言いましたけど、あなたはとても魅力的な方です。ご自分にもっと自信を持ったほうがいい。いや、持つべきです」

「でも……」

と、美樹が眉根《まゆね》を寄せて哀切《あいせつ》な表情をしたとき、恭一郎は猛烈に抱きたいと感じた。

なぜそういう気持ちになったのかは、わからない。だが、いったん動きだした性欲は抑えられない。

「これから、店に行きませんか。中森明菜の曲を聴きながら、あなたの話を聞かせてください。お願いします」

恭一郎は頭を深々とさげていた。

「でも……」

「ご主人は今、浮気をしているんでしょ。だったら、あなたも仕返しをすればいい。大人しすぎるから、ナメられるんです」

「驚きました。マスターがそんなことをおっしゃるとは……建築家で進歩的な方だろうとは思っていましたが……」

「進歩的かどうかはわかりませんが……実際、ご主人はつけあがっています。そうさせたのは、美樹さんのせいでもあるんです。僕でよければ……」

「阿川さんは、とても素敵な方です。でも、そんな、人の道を外れたことをしてもいいんでしょうか。きっと、何か悪いことが……」

「さあ、出ましょう。ついてきてください」

恭一郎は勘定を済ませて、美樹とともに居酒屋を出た。

深夜一時――。カーテンが閉め切られ、照明が薄暗く絞られた『音楽喫茶フジ』の店内に、中森明菜のヒット曲がメドレーで流れていた。ここは独立した建物で隣家とは距離があるから、たとえ深夜に音楽を鳴らしても、迷惑をかけることはない。

そして、店内の中央では、一糸《いっし》まとわぬ姿の吉岡美樹がロパクで歌い、ステップを踏み、腰を淫《みだ》らに揺すっている。

三十三歳の人妻の色白の肉体は素晴らしいプロポーションだった。乳房が豊かで、尻も発達している。しかも、それはステージにあがれるようなシェイプアップされた身体とは違い、人妻らしい熟《う》れた肉体である。

胸のふくらみの頂上には濃いピンクの乳首がせりだし、仄白《ほのじろ》い腹部の下には漆《しっ》黒《こく》の翳《かげ》りが縦に細長く走っていて、その生々しさがとてもエロチックだ。

美樹が『少女A』を歌っているときに、とうとう恭一郎は我慢できなくなった。

進み出て、フリをつけて踊っている美樹の背後から、そっと抱きしめた。

「ぁあ、ほんとうにするんですね。知りませんよ」

美樹の手が、乳房に触れている恭一郎の手に重なる。

「はい……あなたとしたいんです。いや、ですか？」

訊くと、美樹は顔を左右に振って、言った。

「……ほんとうのことを言いますね。カラオケ大会で歌った夜、健吾さんにすごく抱かれたかった。だけど、あの人はわたしを抱いてくれなかった。それから、わたしの心は完全に彼から離れました」

「……ならば、ちょうどいい。僕は美樹さんに悦《よろこ》んでほしい。今は、ご主人のことを忘れたらいいんです」

そう言って、恭一郎は背後から乳房を鷲《わし》づかみにした。たわわな乳房に指が沈み込み、

「あんっ……！」

美樹はがくんと頭を後ろに反《そ》らした。

恭一郎は柔らかく揉《も》みしだき、乳首をつまんで転がす。さらに、もう一方の手

を美樹の下腹部に伸ばすと、

「あっ……！」

美樹は気持ち良さそうに顔をのけぞらせながら、くいっと腰をよじった。

柔らかな翳りの底に、濡れそぼった肉割れが息づいており、さするたびに指の腹がぬるぬるとすべる。

（こんなに濡らして……）

中森明菜の曲に合わせて、全裸で踊っている間に、すでに昂奮して、股間を濡らしていたのだろう。

柔らかな翳りの底を指でいじっている間に、美樹が右手を後ろにまわして、ズボンの上から恭一郎のイチモツに触れてきた。そそりたっているものをつかんで、ゆるゆるとしごき、

「……ウソ……？　阿川さん、主人より、断然硬い……」

びっくりしたように言う。

それから、向かい合う形で恭一郎の前にしゃがんだ。

ベルトを外し、ズボンとブリーフを一気に引き下ろした。

雄々《おお》しくそそりたっているものを見て、信じられないとでもいうように首を左

右に振る。

恭一郎もこの勃起《ぼっき》ぶりにはびっくりしている。

沙耶香のときもこうだった。

やはり、この店には自分を若かりし頃に連れて行く、タイムマシンのような仕掛けがあるのかもしれない。

美樹が両膝を突いて、いきりたつものを握った。

「いいですか、おしゃぶりしても」

アーモンド形の目で見あげてくる。

「もちろん……すごく積極的になったね」

「はい……もう覚悟はつきました。夫には負けません。目には目です」

力強く言って、美樹が髪をかきあげながら、じっと見据《みす》えてきた。

恭一郎がうなずくと、美樹は鋭角にそそりたっている肉柱を握り、その頭部にチュッ、チュッとやさしいキスをする。

顔を傾けて、雁首《かりくび》に唇を寄せ、ちろちろと舌を走らせた。

それから、上目《うわめ》づかいに見ながら、亀頭冠《きとうかん》の真裏を舐《な》めてくる。

裏すじの発着点である包皮小帯を舌先をつかって、くすぐるように刺激し、舌を横揺れさせる。そうしながら、恭一郎の快感を推し量《お》るような目でじっと見あげている。

想像と違って、美樹は女性の魔性のようなものを持っていた。

美樹はチュッ、チュッと包皮小帯にキスをすると、そのまま上から頰張《ほおば》ってきた。ゆっくりと唇をかぶせていって、根元まで呑み込んでいく。

「くぅぅぅ……！」

恭一郎はもたらされる快感に酔いしれた。

分身が根元まですっぽりと口腔《こうこう》に覆《おお》われると、その温かさと抱擁感に、イチモツだけではなく、恭一郎自身も美樹に包み込まれているようで、うっとりしてしまう。

美樹はくちゅくちゅと、口のなかで屹立《きつりつ》を揉みほぐすように舌をつかい、唇をすべらせる。そうしながら、右手を添えて、根元を握り込んだ。

根元から先端へと包皮をしごきあげるようにして、同じリズムで唇をすべらせる。

ぎゅっ、ぎゅっと指でしごき、頰張ってジュルル、ジュルルと唾音を立てて、亀頭部を吸い込もうとする。

巧みだった。

結婚五年の人妻なのだから、このくらいできて当然なのかもしれない。だが、美樹のフェラチオには、男性器への強い愛着が感じられて、それを好ましく思った。

美樹はいったん指を離して、ぐっと奥まで咥《くわ》え込んだ。

両手で腰をつかんで、もう放さないとばかりに引き寄せ、ずりゅっ、ずりゅっと大きく顔を打ち振って、イチモツにしゃぶりついてくる。

（ああ、気持ちいい……）

遠くに快感の火が灯《とも》っているのが見える。

店内には、依然として明菜のヒット曲メドレーが流れている。曲はふたたび『DESIRE』に戻っていて、〈堕ちる〉や〈エクスタシィ〉という歌詞を聞きながら、美樹は強弱をつけて、唇を大胆に往復させる。

おそらく、今、美樹の気持ちはこの曲とシンクロしているだろう。

堕ちてこそ、エクスタシー――。

違和感を覚えて、下を見た。

すると、美樹は肉柱を握りながら、裏すじを舐めおろしていき、そのまま睾丸《こうがん》へと届かせた。

しわしわのクルミのような睾丸を下から舐めあげてくる。

（こんなことまで！）

セックスでキンタマを舐められたことはある。しかし、今回の相手は常連客の妻である。しかも、初めてというのに、ここまでしてくれるのか——。

吉岡美樹が何かをかなぐり捨てるようにして、知り合って間もない男の睾丸をしゃぶっている。

美樹は皺のひとつひとつを伸ばし、唾液を塗り込める。

それから、顔をあげて、目が合うと悪戯《いたずら》っぽく笑った。

睾丸から裏すじを舐めあげてくる。肉棹《にくざお》をしなやかな指で握りしめて、しごきながら、包皮小帯に舌を強く擦《こす》りつけている。

その間、美樹はずっと恭一郎を見あげていて、どう感じているのかをさぐっている。美樹は本質的にはマゾヒストだが、男を支配したいというサディスト的な部分も持ち合わせているのだろう。

様子を見ていた美樹がスパートした。

茎胴をぎゅっと握って擦りながら、それに合わせて、唇を往復させ、敏感なカリとカリ裏を攻めてくる。

セミロングのウエーブヘアが乱れ散り、指の動きが高速化し、唇ばかりか舌もカリにからんでくる。

「んっ、んっ、んっ……」

つづけざまに強烈にしごかれたとき、射精前に感じるあの高揚感がひさしぶりに戻ってきた。

（んっ、出せるんじゃないか……！）

だが、射精に手が届くところにきても、どういうわけか、それからは上昇しないのだ。猛烈に美樹とつながりたくなった。

「ありがとう、いいよ。すごく気持ち良かった……あなたとひとつになりたい。いいんだね？」

再度、確かめる。

「はい……わたしも同じです。覚悟はできています」

美樹がきっぱりと言って、見あげてくる。

恭一郎はセックスが可能な場所をさがした。やはり、奥の弧を描いているソファがしやすい。

今後、同じような状況が起きたときのためにも、どこか最適な場所を作らなければいけない——。

美樹を奥に連れて行き、長いソファに仰向《あおむ》けに倒した。

こうして欲しいのだろうと、下腹部の肉割れにしゃぶりつこうとすると、

「い、いけません！」

美樹が膝を引きつけて、拒んだ。

「ゴメンなさい。気持ちはうれしいんです。でも、汚れています……」

「かまいませんよ、そんなもの」

「……匂うかもしれないし……」

「かまいません」

恭一郎は普段は優柔不断だが、仕事とセックスになると、我が儘《まま》になる。

臙脂色《えんじいろ》のビロードに包まれたソファに美樹を仰臥《ぎようが》させると、美樹は右足を床に突き、左足をよじりあわせて、恥部を守った。

光沢のある臙脂色のビロードに横たわる、色白のむちむちした裸体は、途轍《とてつ》もなく艶《なま》めかしい。

恭一郎はよじられている左足をつかんで、押し広げる。

「ぁあああ……もう……！」

美樹が手で顔を覆った。

外側へとひろげられた仄白《ほのじろ》い太腿《ふともも》の奥で、黒々とした翳りが目に飛び込んできた。臙脂色のビロードと白い太腿の対比に陶然となりながらも、肉の扉を指でひろげると、鮮紅色のぬめりがぬっと現れた。

濃いピンクの粘膜はすでに潤みきっていて、半透明の粘液を含んだ蜜がぬらぬらと妖しく光っている。

「ああ、見ないでください……！」

隠そうとする美樹の手をどかして、一気に顔を寄せた。

わずかに甘酸っぱい香りが鼻孔《びこう》に忍び込んでくる。肉びらの狭間《はざま》に舌を走らせると、ぬるぬると舌がすべって、

「はうぅぅ……！」

美樹ががくんと顔をのけぞらせる。

（感じやすいんだな……）

三十三歳の熟《う》れどきである。放っておかれれば、欲しくもなるだろう。

狭間を丁寧《ていねい》に舐め、舌を走らせながら、上方の肉芽《にくが》を舌でピンと弾《はじ》くと、

「あんっ……！」

美樹はソファの縁をつかんで、顎《あご》を鋭くせりあげた。たわわな双乳の向こうで仄白い喉元《のどもと》がうごめくさまを見ながら、クリトリスを縦に何度も舐め、横に鋭く弾いた。

それをつづけるうちに、美樹の様子が変わってきた。

「ぁあぁ……くっ……うぁあああぅぅ」

絶え間なく喘《あえ》ぎを洩《も》らし、手の甲を嚙《か》んで、必死に恥ずかしい声を押し殺そうとする。だが、恭一郎が狭間を舐めながら、クリトリスをいじりつづけると、こらえきれなくなって、

「ぁあああ、ダメよ、もうダメっ……ぁあああ、阿川さん、もうダメっ……ダメなのよ……はぅぅぅ」

と、腰をくねらせる。

「どうして、腰が動いているんだろうね」

「……意地悪な人」

「ちゃんと答えないと、やめるよ」

「ぁああ、欲しいのよ。そこに、欲しいのよ、アレを」

「アレって？」

「アレよ。阿川さんのアレ」

「んっ、何？」

「……おチンチンよ。あなたのおチンチン！」

美樹が露骨な言葉を口にして、それを恥じるように顔をそむける。

「しょうがないな。では、あげましょう」

恭一郎は猛《たけ》りたつものを導いて、恥肉の口に押し当てた。

左足の膝裏をつかんで、押し広げながら、あらわになった翳りの底に押し進めていく。すると、分身がとば口を押し広げていく確かな感触があって、

「はうぅぅ……！」

と、美樹が後ろ手にソファのビロードをつかんで、のけぞり返った。

「ああ、くっ……！」

と、恭一郎も奥歯を噛んでいた。そうしないと、一気に射精まで持っていかれそうだ。

美樹の体内はとても温かくて、濡れた粘膜がまとわりついてくる。全体でホールドしてきて、ピストンすれば出してしまいそうで、じっとしているしかなかっ

た。

温かいことは、こんなにも気持ちいいのか──。

恭一郎は挿入《そうにゅう》した状態で、じっとしている。

すると、美樹が焦《じ》れたように腰をもぞもぞさせはじめた。

「どうしたんですか？」

「ああ、もう……」

「どうされたいですか？」

「動いて……突いてください。わたしをメチャクチャにして……お願い！」

恭一郎は膝から手を離して、上体を前に倒していく。

唇を重ねると、美樹が貪《むさぼ》るようにキスをしながら、ぎゅうと両手でしがみついてくる。

その激しさに応えようと、恭一郎もディープキスをする。そうしながら、かるく腰を動かして、抜き差しをする。

「んっ……んっ……んんんっ」

美樹はしがみつき、激しく唇を合わせながら、くぐもった声を洩らす。

恭一郎は上の口と下の口で、吉岡美樹という人妻を充分味わう。そして、美樹はゆるやかな抽送《ちゅうそう》を受け止めて、貪るようなキスをぶつけてくる。

こうしていると、まるで自分が性的に絶頂期だった、あの頃に戻ったようだ。

橋口京花に出逢い、彼女のセックスに圧倒され、女がどんな生き物かを教えてもらった三十八年前……。

あのとき、自分は第二の性のピークを迎えた。そして今、この空間で自分は一時的にせよ、当時の勢いに迫りつつある。

4

恭一郎はキスをおろしていく。

首すじから胸元へ、さらに、乳房に指を食い込ませて、せりだしてきた乳首に舌を這《は》わせる。

周囲から徐々に中心へと舐めていき、突起を舌でなぞりあげる。

「はん……！」

美樹は鋭く反応して、顔をのけぞらせた。

橋口京花は乳首が強い性感帯だった。そこを執拗《しつよう》に舐め、指でいじると、それだけで気を遣《や》った。

美樹も乳首が弱いのだろう。右側の乳房を揉みしだきながら、左側の乳首にしゃぶりついた。あんむと頬張り、上下に舌をつかい、左右に弾く。

それから、吸う。吸いながら、もう片方の乳房を荒々しく揉みしだくと、美樹はのけぞりながら、みずから腰をつかって、抽送をねだる。そうしながら、

「いいんですよ。もっと、いじめてくれても……」

恭一郎をかきたてるように言う。

乳首を吸いながら、腰をつかって屹立を打ち込んでいくと、

「ぁああ、あああ、これ、いい……あんっ、あんっ、あんっ……ぁあああ、突き刺さってくる。アレがわたしのなかに突き刺さってくる」

美樹はあられもないことを叫び、顎をせりあげる。

恭一郎も強烈な締めつけを感じて、いったん動きを止めた。それから、おろしていた足を持ちあげ、両膝を折り曲げるようにして、上から打ち据えた。

怒張《どちょう》しきったイチモツが、いっそう狭く感じる膣《ちつ》をえぐっていき、それがいいのか、

「あんっ、あんっ、あんっ……気持ちいい。気持ち良すぎて、どうにかなってしまう。ぁあああ、どうしてこんなにいいの？」

美樹はぼうっとした目で、ほぼ真上にいる恭一郎を見あげてくる。

「僕もですよ。僕も気持ちいい……ひとつ頼みがあるんですが」

「……何でしょう？」

「上になっていただけませんか。美樹さんが女上位で腰を振る姿を見たいんです。頼みます」

恭一郎は懇願する。

橋口京花は騎乗位で腰をつかうのが、得意だった。

オフィスのソファで、恭一郎の膝にまたがって、杭を打つように腰を叩きつけられて、精液を搾《しぼ》り取られた。

当時の記憶が色濃く残っていて、それを今、ここで再現したくなった。

「……いいですけど……上手くないですよ、きっと」

「大丈夫です」

恭一郎がソファに仰臥すると、美樹がまたがってきた。

美樹は細面《ほそおもて》でアーモンド形の目をしている。目を細めると、どことなく雰囲気が中森明菜に似ている。

だが、体つきはむっちりしている。白むち、というやつだ。

美樹は下半身にまたがると、恭一郎のいきりたっている肉柱をつかんで、翳りの底に導いた。

ぬめりに押しつけて、硬直をゆるゆると擦りつける。そして、慎重に腰を沈めてきた。

恭一郎のいきりたちが温かい膣に沈み込んでいって、

「はうぅぅ……あっ！」

腰を落としきったところで、美樹は口を開けて、のけぞった。

それから、ぐっと歯を食いしばって、腰を大胆に上下に振りはじめた。

膝を立て、M字開脚して、激しく腰をつかう。

真上まで引き上げて、そこから、鋭く落とし込んでくる。いきりたちが深々と嵌《は》まり込んでいって、

「あっ……あっ……」

天井を向いて甲高《かんだか》い声をあげる。

何度も繰り返すたびに、白い乳房が波打ち、髪も揺れる。

全然、下手ではなかった。むしろ、上になることを愉しんでいるようだ。やはり、美樹は橋口京花と同じタイプなのだ。男の上になって腰を振っているうち

に、どんどん昂揚してくるのだろう。

恭一郎は必死にこらえ、ぐいと勃起を深いところに突き出す。

「うあっ……！」

美樹はがくがくと震えながら、のけぞり返る。

それから、後ろに上体を傾けながら、両足を大きく開いた。

恭一郎の開いた太腿《ふともも》に両手を突いた美樹は、目を合わせるのが恥ずかしいのか、顔をそむけながらも、腰を前後に揺する。

すると、恭一郎の勃起がとても窮屈な肉路で揉み抜かれて、恭一郎はうねりあがる快感を奥歯を食いしばって、こらえる。

昂《たかぶ》っているのがわかるのか、恭一郎をうれしそうに見つめながら、美樹は、ますます大きく腰を揺すりあげる。

Ｍ字開脚したむっちりした太腿の中心に、恭一郎のいきりたつ肉柱が嵌まり込み、その肉棹を味わおうと貪欲《どんよく》に腰が動く。

（女はある一線を越えると、どんどん貪欲になる。それを教えてくれたのが、橋口京花だった。そして、美樹も同じタイプだ）

のけぞっていた美樹が上体を立てた。蹲踞《そんきょ》の姿勢になって、腰を上げ下げする。

杭打ちが徐々に激しさを増して、美樹は飛び跳ねるようにスクワットしては、

「あんっ……あんっ……あんっ……」

と、甲高い声をあげる。

黒々とした翳りの底に、蜜まみれの肉柱がズブズブと出入りして、あふれた淫蜜がしたたっている。

「ぁああ、止まらない……止まらないの」

美樹は泣くように眉をひそめながら、細めた目を向けてくる。

「いいんだよ。それでいいんだ。もっとおかしくなってほしい。乱れた女が好きだ」

恭一郎が言うと、美樹はうなずいて、いっそう激しく腰を打ちおろし、根元まで呑み込んだ状態で腰をまわして、ぐりぐりと捏《こ》ねる。前後だけでなく、左右にも斜めにも振りまくり、そこに上下動を加えて、

「あんっ……あんっ……！　ぁあああ、ください。突きあげてください……お願いします」

美樹が涙目で訴えてくる。

恭一郎は美樹の細腰をつかんで、下からぐいっと突きあげた。切っ先が子宮を打ったのか、

「うあっ……！」

美樹は飛び跳ねるようにのけぞり、がくん、がくんと震える。

恭一郎がつづけざまに突きあげたとき、

「あっ……！」

美樹が痙攣《けいれん》しながら、前に突っ伏してきた。

倒れ込んできた美樹の上体をがっちりと受け止めておいて、恭一郎はさらに下から突きたててやる。

身体の前面を合わせた美樹は、膣を斜め上方に向かって、ぐいぐいとえぐりたてられて、

「あんっ、あんっ、あんっ……ダメっ、ダメっ……イク、イッてしまう」

泣きださんばかりに訴えてくる。

「いいですよ。いいんですよ」

自分は射精しないという確信がある。したがって調節する必要はない。恭一郎が息を詰め、連続して叩きつけたとき、

「あっ……！」

美樹は呆気《あっけ》ないほど短時間で昇りつめ、がっくりとして、微塵《みじん》も動かなくなった。

身体は動いていないのに、膣だけがひくひくと痙攣したようにうごめいている。

エクスタシーの嵐が通りすぎるのを待って、恭一郎はいったん結合を外し、ぐったりした美樹をソファに這《は》わせた。

後ろにまわろうとする恭一郎を、美樹が留《とど》め置いた。そして、床に立っている恭一郎の肉柱にしゃぶりついてくる。

臙脂色のビロードに四つん這いになり、床に立っている恭一郎の勃起を頬張って、ジュルルと啜《すす》りあげる。

自分の愛蜜で汚れていることも厭《いと》わずに、美味しそうにしゃぶりついてくる。

いったん吐き出し、また頬張り、なかで舌をねっとりとからめながら、出し入れをする。

「ありがとう。美樹さんはほんとうにいい女だ」

言いながら、口から勃起を抜き取る。

美樹ははにかみながら、方向転換して、恭一郎に尻を差し出してきた。

それから、自分で両手を後ろにまわし、尻たぶをつかんで開く。

すると、媚肉《びにく》がひろがって内部の鮮紅色もあらわになる。その状態で、美樹は物欲しそうに腰を振り、

「ああ、ください……恭一郎さんの大きくて、硬いものをブチ込んでください」

あられもなく訴えてくる。

「わかった。あげるから、そのまま開いたままだよ。いいね？」

「はい……」

恭一郎は唾液まみれのイチモツを打ち込んでいく。禍々《まがまが》しい亀頭部が嵌まり込んでいって、

「ぁあああぅぅ……！」

美樹が激しく喘いだ。

そして、右手を前に伸ばして、臙脂色のビロードをつかむ。爪が表皮をひっ掻《か》き、そこが白くなる。

恭一郎はくびれたウエストを両手でつかみ寄せて、徐々にストロークのピッチをあげていく。

「あんっ、あんっ、あんっ……！」

美樹の喘ぎが店内中にこだまして、そこに〈飾りじゃないないのよ涙はハ、ハーン〉という歌声が混ざる。恭一郎も、曲にあわせて心のなかで歌いながら、猛りたつものを打ち込んでいく。

連続して打ち据えていると、いよいよ美樹の気配が逼迫《ひっぱく》してきた。

「あんっ、あんっ、あんっ……ぁああ、イキます。恭一郎さん、わたし、イキそうです」

美樹はそう訴えながらも、両手を後ろにまわして双臀《そうでん》を押し開き、じかにストロークを受け止めている。

「いいんだよ。イッていいんだよ……」

自分が射精することはない。だが、恭一郎にとっては自分が発射することよりも、女性が昇りつめて、悦んでくれることのほうが尊い。

恭一郎は目を閉じて、暗闇のなかで感触を愉しんだ。

まったりとした肉襞《にくひだ》をイチモツが激しく擦りあげていき、その一撃、一撃で美樹が確実に高まっていくのがわかる。

〈わたしは泣いたことがない〉と明菜が歌い、それを胸のうちで、わ、わ、わたしはイッたことがないと変換しながら、恭一郎は女性をイカせるために腰を叩きつける。

暗闇のなかで、橋口京花が『ＤＥＳＩＲＥ』を熱唱している姿が浮かびあがり、彼女との獰猛《どうもう》なセックスを思い出しながら強く叩き込むと、

「あんっ、あんっ、あんっ……イク、イク、イッちゃう！」

美樹がのっぴきならない声を弾ませた。恭一郎がいまだとばかりにつづけざまに打ち据えたとき、

「イキます……いやぁああああああぁぁぁぁぁぁぁ！」

美樹は嬌声《きようせい》を噴きあげ、それから、自分が男になったようにがくがくと腰をつかいながら、どっと前に突っ伏していった。

第四章　パティシエは亡妻の化身

1

『音楽喫茶フジ』は、客の入りも順調で、しばらく平穏《へいおん》な状態がつづいた。池田沙耶香は店に顔を出さず、音沙汰もない。そして、甥《おい》の阿川壮介は時々休みながらも、どうにかして店に通いつづけてくれている。吉岡美樹は土日のランチタイムには必ず来るし、壮介が休みのときは代わりに店に入ってくれる。

美樹の成熟した制服姿は、とくに年下の男の客には評判がいい。童貞くんたちが年上のお姉さま的存在に惹《ひ》かれるのもよくわかる。

夫の吉岡健吾は土日のランチ時に店に来ては、にやにやして妻を眺めている。美樹の制服姿がお気に入りのようで、もしかしたら、帰宅後に美樹を抱いているのではないかとも思うのだが、美樹に訊《き》いても答えない。

そんなとき、美樹が『知り合いがやっている、とても美味しいスイーツ屋さんがあるんですけど、そこの商品を仕入れて、女の子向けのメニューを増やしてはいかがでしょうか?』と、提案してくれた。

『その店のケーキをメニューに加えたら、美樹さん、もっと出勤していただけますか。じつは、壮介が限界を迎えつつあるんですよ。やはり、長い間、引きこもりだったから、精神も体力も持たなくなってきている。美樹さんにもう少し働いてもらえたら……』

いささか見当違いの交換条件を持ちかけると、

『わかりました。そのときは、夫に訊いてみます』

美樹は冷静に答えた。

恭一郎は、夫次第で美樹はやってくれるだろうと思っていた。

あれから美樹を抱く隙がなかった。土日とも、客としてやってきた夫が、美樹と一緒に帰る。夫婦の仲は少しは改善したようにも見えるが、ほんとうのところはわからない。

そして、店の休日に、美樹にお隣の町にあるケーキ屋Sに、連れていってもらった。

店らしい店はなく、女性パティシエがひとりでケーキを作って、それを小さな窓口で販売しているようだ。

小さなショーウインドーには、五種類ほどのケーキが並んでいて、それを一目見て、恭一郎は美味しそうだと感じた。と、そこに、

「いらっしゃいませ！」

と、元気な声がかかった。小柄だが、ぱっちりした目の明るい感じの女性が近づいてくるところだった。その顔を見た瞬間、

（えっ……！）

恭一郎は愕然《がくぜん》とした。夢でも見ているのかと、思った。

そのパティシエがあまりにも亡妻の路子《みちこ》に似ていたからだ。

（どうして、また？）

喫茶店を開いてから、恭一郎は過去につきあっていた人を彷彿《ほうふつ》とさせる女性に、立てつづけに出逢った。

それ自体、不思議なことなのだが、今考えてみると、そこには歌がからんでいて、その懐かしい思い出の曲が、自分にそういう幻想を見させているのかもしれないと思っていた。

そして、今回は亡妻そっくりの女性に出逢った。これは、何かおかしい。非現実的だ。しかし、事実なのだからしようがない。

美樹に紹介してもらい、この路子似の女性が長谷川由希《はせがわゆき》という二十八歳のパティシエであることを知った。

有名なパティシエについて修業していたが、今は独立して、自宅を改造した工房で製造と販売をしているという。

美樹に、とにかく食べてみてくださいと勧められて、幾つかのケーキを口にした。最初にイチゴショートのクリームを舌に乗せたときから、その適度な甘さと生クリームの豊潤《ほうじゅん》さに舌が蕩《とろ》けた。

フルーツタルト、チーズケーキ、シフォンケーキ、マロンケーキもすべてが美味しかった。恭一郎はスイーツ好きで、これまでも様々な地域や場所で、美味しいといわれているスイーツを食べてきたからこそわかる。

これを、このまだ二十八歳の小柄な女性が作っているのだと思うと、彼女をリスペクトせずにはいられなかった。天才などという言葉をつかってはいけないのだろうが、それに近いと感じた。

「これなら、うちに来る女の子に絶対に受けます。熟年男性にも案外、受けるかもしれませんし」

美樹にそう勧められて、

「ああ、そうしよう。とにかく美味しい！」

恭一郎は即決していた。

ここに来るまでは、正直、あまり積極的ではなかった。

それなのに、即決したのは、もちろんケーキが美味しかったことがいちばんだが、長谷川由希というパティシエに、一瞬にして魅了されたからだ。

一九八八年（昭和六十三年）に恭一郎は路子に出逢った。

橋口京花が突然の結婚を決めて、自分の前からいなくなり、打ちのめされていた。そんな恭一郎の前に、山上《やまがみ》路子が現れた。彼女が設計事務所に入ってきたのだ。

最初は明るいだけが取り柄《え》の事務員だと思った。だが、時間が経過するにつれて、京花以上のコミュニケーション能力を発揮し、恭一郎とも気が合って、半年後に路子を抱いた。

当時、彼女は二十八歳だったが、その明らかに経験不足のセックスが、かえって恭一郎には好ましく思えた。

恭一郎も徐々に仕事を認められて、結婚して数年後に、独立した。

それ以降は厳しい日々だったが、路子がいたからこそやってこられた。彼女が仕事を取ってきて、施主との関係を極めて円滑にまわしてくれた。

そして、年月を重ねるうちに、路子は大胆でありながらも、緻密《ちみつ》なセックスをするようになり、二人は幸せな夫婦生活を送った。

だが、路子は仕事の心労がたたったのか、床に伏すようになり、四年前に癌で他界した。

恭一郎自身の不倫事件を除いては、総じて、仲のいい夫婦だった。

そんな経緯《いきさつ》もあって、長谷川由希を見たとき、胸に込み上げるものがあった。彼女には、出逢った頃の若くて元気一杯の路子を彷彿とさせる雰囲気があったからだ。

恭一郎はその場で契約を交わした。

一週間後から、長谷川由希は毎日、スイーツを供給しつづけてくれた。

若い女性客の反応は驚くほど良く、仕入れたケーキは、だいたいが閉店前までには売り切れた。

彼女たちはランチ時にも、ケーキセットを頼む人が多い。中高年の男性はやはりナポリタンの割合が高いが、注文が散らばって、恭一郎と壮介はパスタ系を作る量が減り、ある意味、楽になった。

由希の作ったスイーツのお蔭で『音楽喫茶フジ』は、ますます繁盛しつつあるが、恭一郎は、これでは当初の目論見と違う——と、警戒した。

だが、店の繁盛をみずから阻む店主はいない。それに、約束どおりに、美樹が平日にも働いてくれることになり、そのお蔭で、壮介は生気を取り戻した。一時は青息吐息《あおいきといき》だったのに、最近は、空いた時間を利用して、前からやっていた曲作りに精を出しているらしい。

もしシンガーソングライターとしてデビューが叶ったら、お前のCDをうちでかけてやる。ライブもやってくれ——と、壮介にはそう伝えてある。

クリスマスを数週間後に控えた夜、店をクローズしてから長谷川由希が打ち合わせに来る予定だ。

恭一郎は店内に、テレサ・テンのヒットメドレーのCDを流した。テレサ・テンの歌声は強烈で、一気に店の空間が昭和の雰囲気で満たされる。

テレサ・テンを選んだのは、路子がカラオケで『時の流れに身をまかせ』を歌っているところを見て、結婚を決めたという経緯があるからだ。

恭一郎がカウンターのなかでコップをきゅっ、きゅっと磨いていると、ドアベルの音が響いて、長谷川由希が「失礼いたします」と頭をさげながら、入ってきた。

今日はとくに寒くて、今にも雪が降りそうな灰色の雲がひろがっていた。そのせいか、いつもと違って由希は、暖かそうなファーのコートを着て、毛糸の手袋をしていた。

店内は暖房がよく効いていて、恭一郎が挨拶《あいさつ》しながらカウンターを出ていくと、由希もコートを脱いだ。

白い清潔なパティシエの制服姿しか見ていないせいか、太い毛糸で編まれた、ざっくりしたとっくりのベージュのニットを着て、膝上《ひざうえ》のグレーのミニスカートに紺色のタイツを穿《は》いた由希の姿には、少し驚いた。

いつも髪を後ろで束ねているのに、今日は解かれていて、セミロングのストレートヘアがさらさらと垂れ落ちている。小柄だが、胸は大きいし、尻もきゅんと吊《つ》りあがっている。

（こういう格好をすると、随分と若く見えるんだな。実際、二十八歳なのだから、独立開業したパティシエとしても若いのだろうが……)

思いを覚《さと》られてしまったのか、由希が言った。

「こんな格好でびっくりされましたか?」

「いや……少し驚いたけど、でも、よく似合いますよ。その若さであんな絶妙な味のスイーツを作られるのだから、天才なんですね」

「いえ、天才なんて……スイーツ作りは難しいです。今の味に満足していたら終わりだと思いますし、かといって、冒険しすぎると、何だこれはとなってしまいます。いつもそのへんで迷っていて……わたしなんか、まだまだ修業の身です」

その謙虚さに、恭一郎は感心してしまう。建築もスイーツ作りも同じだと思った。自分独自の型を作り出すことは大切だが、胡座《あぐら》をかいてしまうと新鮮さを失ってしまう。かといって、斬新《ざんしん》すぎると、実用性が薄れる。

「……ああ、すみません。立たせたままで……どうぞ、お座りください。今日はこれまで出していただいたスイーツの人気度を表にしておきました。これを参考にしてください。それと、クリスマスにどんなケーキを出したらいいのか、そのへんの考えもお聞きしたくて」

「わかりました。ではまず、表を拝見します」

由希はその書類をうなずきながら見ていたが、顔をあげて言った。

「さっきから、ずっとテレサ・テンがかかっていますね」

「ええ……お嫌いなら、変えますが」

「その逆です。わたしは大好きです。もちろん、同時代をともにできたわけではありません。ただ、父のお気に入りの歌手だったんですよ。父はカラオケに行くと、必ずテレサ・テンを歌って……しかも、『つぐない』なんか、泣きながら歌っていました。子供心に、ああ、父には償《つぐな》わなければいけない過去があるんだなと思っていました。じつは、独立する際に資金の援助をしてくださった方がいまして、その方もテレサ・テンがお好きで、カラオケに行ったときは、よく歌われます。そもそもその方がわたしを気に入ってくださったのも、わたしがテレサ・テンを歌ったときに、『上手い』って感心していただきまして、それがキッカケだったんです……もちろん、ビジネスとしての融資ですし、決して『愛人』ではありませんよ」

最後に、由希が機転を利《き》かせて、笑いを取った。

「ハ、ハッ……でもわかりますよ、お父さまもその支援者の方も。テレサ・テンの歌はいい意味でも悪い意味でも、昭和の男心をくすぐります。僕も確かにくすぐられました……男は誰でも、一度くらいは、女性を自分の色に染めてみたいものですからね」

「阿川さんも？」

「そうです。正確には、そうでした……今は、女性の心の内《うち》まで支配しようとは思っていないですね。もうこの歳では、責任が取れません」

「誠実な方なんですね。でも、阿川さんはわたしに、すでに強い影響をもたらしてくださいました。うちのケーキをお店で出していただいた結果、店のほうにもじかにお客さまが来られるようになって……正直言って、今、すごく忙しいです。昭和レトロの喫茶店にケーキを出している若いパティシエとして、今度、取材を受けることになりました。本日、うかがったのは、お礼をかねての、そのご報告もあったんです。ありがとうございました」

由希が深々と頭をさげた。

割れた髪が垂れて、巻かれている後れ毛と、うなじが見える。

「頭をあげてください……よかったですよ。こちらこそ、吉岡美樹さんにあなたを紹介してもらって、ほんとうによかった」

言うと、由希が頭をあげた。

乱れた髪をかきあげながら、にこっとする。その切れ長の目と、吊りあがった口角《こうかく》が、性的な魅力を放ちはじめている。

曲が『時の流れに身をまかせ』の前奏に変わったとき、

「あっ、これだわ。この曲のお蔭で、わたしは独立できたんです」

そう言って、由希が瞳を輝かせた。

「これをカラオケバーで歌っていたら、ある男性がわたしを気に入ってくださって……実際、わたしの作ったスイーツを食べていただき、これなら独立を援助しようって……資金も援助してくださいました。このまま順調に売り上げが伸びたら、大きな店舗をとまで、おっしゃってくださっていて……」

「その方には先見《せんけん》の明《めい》があったんですね」

「そんな……」

「それで、お相手の方は……」

「妻子持ちの五十五歳の方です。ですから、今更わたしの出る幕は、ございません」

「さて、そうでしょうか。長谷川さんのなかにも、その方の『そばに置いてね』

という願望があるんじゃないですか？」

「とても無理です。無理なものは望まないようにしています」

由希は無言で席を立ち、恭一郎の隣に腰をおろした。

「恋人も作らず、ケーキ作りに没頭するって、すごく寂しいんですよ」

これまでとは、由希の口調が変わり、ドキッとする。

店内には『空港』が流れはじめて、

「どうしようもない歌ですね。愛人が、こんなにパトロンの奥さまのことを思うなんて。わたしには耐えられないわ」

そう言って、由希が恭一郎の腕にぎゅっと胸を押しつけてきた。

「たとえ愛人になるようなことがあっても、わたしはひとりで去ったりはしません」

耳元で力強く言う。

恭一郎は、由希には不倫相手がいて、彼女はその男の愛人なのだという確信を持った。

おそらく、独立開業する際に資金を提供してくれた男なのだろう。

恭一郎は思い切って、打ち明けた。

「……こんなこと、聞かされても困るだけでしょうが、僕の妻は四年前に他界しました。妻はテレサ・テンのファンで、よく自分でも歌っていました。僕も彼女が『時の流れに身をまかせ』を歌っているところを見て、惚れたんです。そして……信じていただかなくてもけっこうですが、路子はあなたにそっくりだった。とても失礼なことかもしれませんが、あなたにお逢いした瞬間に、路子に似ているなと思いました」

「それで、あんなに簡単に契約を……？」

「あれはケーキがとても美味しかったからです……でも、それもありました。ほんの少しだけですが……」

「複雑です。でも、結果的にはすごく良かった。阿川さんにはとても感謝しています」

「こちらこそ、あなたに逢えて心から良かった。こうしていると、昔に戻ったようです」

「ふふっ……ここが勘違いなさっていますよ。わたしを奥さまと……」

　由希がズボンの股間にそっと手を押し当てた。そこでは、硬くなった分身がズボンを押し上げていた。

「……すみません」

「いいんです。わたしも阿川さんのこと、気が合うなって感じていました。わたしもいろいろあって、寂しくて……だから、こんな格好をしてきたんだわ、きっと……」

由希が足を組み換えた。ミニスカートから突き出している紺色のタイツに包まれた足が素早く交差した。

恭一郎は由希の手をつかんで、そっと自分の股間に押し当てた。

由希はいやがらない。それどころか、息づかいが荒くなっている。それから、右手に触れた硬いものを、おずおずとさすってきた。

すると、恭一郎の分身はますますギンとして、頭を擡《もた》げる。

「カチカチだわ。クッキーより硬い」

由希が冗談めかして言う。

「テレサ・テンの曲を聴いて、妻に似ている由希さんを意識すると、自然にここが硬くなるようです」

「阿川さん、来年七十歳でしたよね？」

「はい、古希《こき》を迎えます」

「……それなのに、これですか？」

「僕もびっくりしています……待っていてください」

2

恭一郎は席を立ち、窓のカーテンを閉め、玄関ドアのクローズの札を確認し、ドアの鍵を内側からかけた。

「僕の部屋があります。そこでも、店のＢＧＭは流れています。ここでは気を使いますから、そこに行きましょう」

恭一郎は由希とともに、店長室に行く。

もともと事務室を兼ねた店長室だったが、不必要なものを片づけ、ソファベッドを置いて、休憩できるようにした。

立ち尽くしている由希を抱きしめて、キスをする。

いったんキスをやめて、確かめた。

「いいんですね？」

由希が無言でうなずく。

由希には愛するパトロンがいる。しかし、そのパトロンには妻がいて、由希は男女の関係としては都合のいい女として扱われているのだろう。

男には妻という帰るところがある。しかし、由希にはない。

そして、由希は残念ながら、『空港』のヒロインにはなれない。曲にあるような物分かりのいい愛人にはなれない。

唇を合わせながら、由希をソファに押し倒した。

キスをしながら、ニット越しに胸のふくらみをつかんだ。見た目以上に豊かなふくらみが手のひらのなかで弾《はず》んで、

「んっ……！」

由希はキスをしながら、くぐもった声を洩《も》らす。

舌と舌をからませながら、恭一郎はニットの裾《すそ》から手を忍び込ませる。上へと伸ばすと、化繊《かせん》のブラジャーの感触とともにそこが柔らかく沈み込んでいき、

「あっ……！」

由希はキスをやめて、顔をのけぞらせた。

恭一郎はキスをおろしていき、とっくりのセーターからのぞく喉元《のどもと》にチュッ、チュッと唇を押しつける。

「あっ……！」

のけぞって、頭部をソファに擦《こす》りつける由希の、小柄だが女豹《めひょう》のようにしなる身体が悩ましい。

ちらりと見ると、片足を床につけていて、ミニスカートからむっちりとした太《ふと》腿《もも》がのぞいている。

紺色のタイツがむちむちの太腿を包み、その光沢が恭一郎をかきたてる。

店で女性を抱くのは、三人目になる。

それまで、妻を亡くしてヤモメ暮らしだった六十九歳が、この店を改装オープンしてから、いいことが矢継ぎ早に起きる。

ただ、浮かれているばかりだと、そのうちに天国から地獄ということにもなりかねない。いや、なるだろう。「禍福《かふく》は糾《あざな》える縄のごとし」と言うではないか。

しかし、たとえ地獄に落ちようと、今がよければいい。先の読める余生だけではつまらない。ハプニングこそが生き甲斐《がい》ではなかろうか――。

深く考えすぎると、せっかくの悦《よろこ》びを満喫できない。所詮《しょせん》、快楽は刹那的《せつなてき》なものなのだ。

ふたたび唇を奪いながら、ブラジャーを押し上げる。カップがずれてこぼれでてきた乳房をつかんだ。

ニット越しだから、形は見えない。それでも、触っているだけで豊かさは伝わってくる。

頂上に硬くなっている箇所があって、それを左右からつまんだ。くりっとねじると、

「あんっ……！」

由希は唇を離して、愛らしく喘《あえ》ぐ。

恭一郎は顔をおろしていき、ベージュのニットをまくりあげた。すると、紺色の刺しゅう付きブラジャーがたくしあげられて、ナマの乳房がこぼれでる。

予想したより大きかった。恭一郎はそのふくらみにしゃぶりつき、濃いピンクの突起をしゃぶる。舌をからめながら、ふくらみを揉《も》みしだく。

あっという間に乳首が硬くせりだしてきて、しこった突起を舌で弾《はじ》くと、

「あっ……あっ……ぁああ、いいんです」

由希が素直に快感を言葉にする。

「いいんです」と言われると、男は頑張る。

おそらくEカップはあるのではないか。身体が小柄な割にはたわわな乳房を揉みながら、乳首を舐《な》めしゃぶる。

かるく吸ったとき、

「ああ……ぁああうぅぅ」

由希は糸で吊られたように、胸をせりあげる。

恭一郎は先を急いだ。

乳首をしゃぶりながら、右手をおろしていく。グレーのカシミアタッチのスカートの内側へとすべり込ませると、タイツの感触があった。左右の太腿の奥へと右手を差し込むと、ぐにゃりと沈み込む耽美《たんび》な感触があって、

「ぁあああうぅぅ……！」

由希は一瞬顔をのけぞらせ、口に手を添えて、喘ぎをふせいだ。

恭一郎は右手の指にまとわりつく感触を愉《たの》しみながら、柔肉《やわにく》をさすり、クリトリスらしきところを小刻《こきざ》みに叩く。そうしながら、カチカチの乳首に舌を打ちつけ、吸った。

「ぁああ……くうぅぅ」

由希は弓なりに肢体を反《そ》らせて、泣きださんばかりに眉《まゆ》を八の字に折っている。

恭一郎は顔を持ちあげて、タイツとパンティの裏側へと手を忍び込ませた。

湿った気配があって、柔らかな繊毛《せんもう》の底に、ぬらつく肉襞《にくひだ》と粘膜が息づいていた。その潤《うる》みに指を届かせると、

「はうぅぅ……！」

由希はいっぱいにのけぞって、顎《あご》をせりあげる。

とても感じやすい体質だった。しかも、身体が柔軟なせいか反応が大きい。

恭一郎は表情の変化をうかがいながら、紺色のタイツとパンティのなかに差し込んだ指で、じかに肉割れをいじる。

ふっくらとした肉土手が攻め寄せてくる。そこに隙間を作るように中指でなぞる。ひと擦りするたびに、熱い分泌液《ぶんぴつえき》があふれて、指の腹を濡らす。

由希は顔を横向けながらも、恭一郎の指づかいに応えるように、下腹部をせりあげたり、引いたりする。

快楽を身体が自然に追い求めてしまうのだ。そういう身体は嫌いではない。

あふれでた蜜を上方の肉芽《にくが》になすりつけるようにして攻めると、

「ぁああ、あああ……」

由希はもうどうしていいのかわからないといった様子で、顎をせりあげ、下腹部をくねらせる。

ソファにあげられた左足を大きく開いて、恭一郎に、あらわになった肉割れをいじらせている。そのしどけない様子がたまらなかった。

恭一郎はいったん愛撫をやめて、ソファの背もたれを倒し、平らにした。カバーをシーツ替わりに敷いて、そこに、由希を仰向《あおむ》けに寝かせる。

恭一郎が服を脱ぎ、ズボンをおろす間に、由希もタイツとパンティを脱いだ。両足を垂直に持ちあげて、下着を足先から抜き取っていく。一瞬見えたパンティのクロッチの裏布に、涙をこぼしたようなシミが浮かんでいる。

そのとき、由希が恭一郎に仰向けになるように言った。

期待を込めて仰臥《ぎょうが》すると、由希は足の間にしゃがんだ。

こちらを見て、はにかみながらも髪をかきあげ、右手を伸ばしてきた。上から恭一郎と肉棹《にくざお》を交互に見ながら、形や硬さを確かめるように肉茎に触れて、静かに握り込む。

ゆっくりと上下にしごく所作《しょさ》には、慣れが感じられる。

上下に擦りながら、由希はちらりちらりと恭一郎の表情をうかがう。

それから、後ろに腰を突き出し、ぐっと姿勢を低くした。

顔を寄せて、いきりたっているものの裏側に舌を走らせる。裏すじを下から上ぞわぞわした快感に恭一郎の分身はますますエレクトして、武者震いする。

この部屋にも、店内にかかっているＢＧＭが天井のスピーカーから流れていて、テレサ・テンの『つぐない』の哀切《あいせつ》な歌声が聞こえる。

西日の当たる部屋に囲われていた愛人が、みずから別れを決断して、その部屋を出て行く……。

何て都合のいい歌だ、と思う。

しかし、昭和の男にとって、愛人を持つのはある種のステータスだった。愛人を持てるくらいに出世することが、多くの男にとって夢のひとつだった。

だが、平成、令和になって、時代は変わった。

パワハラ、セクハラ、不倫へのバッシング――。

かつての夢は、抱いてはいけないトラップへと変わった。

いずれにしろ、愛人になるような女は、いろいろとわきまえていなければいけない。

そして、おそらく由希はわきまえることができない。そんな鬱屈《うつくつ》した気持ちを恭一郎にぶつけたいのだろう。

由希が分身を上から頬張《ほおば》ってきた。

いきりたっているものに唇をかぶせて、ずりゅっ、ずりゅっと大きく顔を打ち振って、しごきたててくる。

そうしながら、恭一郎の開いている右の足をまたいだ。そして、恥毛の底を足に擦りつけてくる。

由希は顔を打ち振って、肉柱をおしゃぶりしながら、動きに合わせて、下腹部を揺すり、濡れた恥肉を押しつけている。

恭一郎は、ぬるっとした粘膜が足をすべっていくのを感じる。同時に、勢いよく硬直を口でしごきたてられて、疼《うず》くような充溢感《じゅういつかん》が込みあげてくる。

目を閉じたいのをこらえて、由希を見た。すると、由希は肉柱を頬張りながらこちらを見ていた。目が合うと、ふっと口許《くちもと》をほころばせる。

それから、じっと視線を合わせたまま、右手で皺袋《しわぶくろ》をやわやわとあやしてくる。睾丸袋《こうがんぶくろ》をもてあそばれるくすぐったさと快感、猫の目のような妖《あや》しい双眸《そうぼう》で見つめられる昂《たかぶ》り——。

初見では、ただ明るくて、溌剌《はつらつ》としていて、亡妻の路子に似ていると感じた。だが、ここまでくると、その第一印象が間違っていたことがわかる。

由希は睾丸をもてあそびながら、亀頭冠《きとうかん》の真裏を舌でちろちろと刺激してくる。その間も、目尻の切れあがった瞳で、恭一郎のことを真摯《しんし》に見つめている。

「由希さん、すごく気持ちいいよ」

恭一郎が言うと、由希はふっと顔をほころばせた。それから、また上から頬張ってくる。

唇をひろげて途中までおさめ、唇を窄《すぼ》めて吸いながらストロークする。

「んっ、んっ、んっ……！」

くぐもった声を洩らしながら、唇をすべらせる。

いつの間にか、右手が睾丸から肉柱に移動して、円柱を握りしごいていた。

「ぁああ、硬い……信じられない。来年、ほんとうに古希なんですか？」

いったん吐き出して、キュートな顔で恭一郎を見る。

「ああ、そうだよ」

「いつも、こうなんですか？」

「いつもじゃないよ。きっと、由希さんだからだよ」

「わたしが、亡くなった奥さまに似ているから？」

由希は勃起を握りしごきながら、訊く。

「それだけじゃないよ、たぶん」

「それだけじゃないって？」

「……きみはすごく魅力的だ。だからだよ、きっと……」

「わたしが、魅力的？」

「ああ、セクシーでもある。天才的パティシエでセックスも情熱的だ。これ以上の女性はいないだろう。この上、何を望めばいいんだ」

恭一郎がきっぱり言うと、由希はうれしそうに上体を起こした。下着はつけていないが、いまだにベージュのだぼっとしたニットを着て、ミニスカートを穿いている。

3

由希は、仰臥している恭一郎の腹をゆっくりとまたいだ。片膝を立てて猛《たけ》りたっているものをつかんで、グレーのスカートの奥に導く。

濡れた恥肉に亀頭部をあてがうと、少しずつ沈み込んできた。

屹立がとても窮屈な粘膜に吸い込まれていって、

「ぁあああ、すごい……はぁぁぁうぅぅ！」

由希はのけぞったまま、唇をわななかせる。

恭一郎も動きを止めて、粘膜が包み込んでくる感触を味わう。

見あげると、由希はニットに手をかけて、まくりあげ、そのまま首から抜き取っていった。こぼれでた双乳の上側に留まっていた紺色のブラジャーを、肩から外して抜き取る。

ナマの乳房があらわになり、その砲弾形の野性的なふくらみに、恭一郎は息を呑む。

背丈がせいぜい百五十センチを少し超えるくらいなのに、この乳房は反則だ。砲弾のように飛び出していて、乳輪も薄いピンクで盛りあがっている。そこから二段式に乳首がせりだしていた。

由希は恭一郎の視線を受けながらも、腰を振りはじめた。

両膝をぺたんと突いたまま、濡れた恥肉を擦りつけるようにして、腰を前後に揺すっては、

「ぁああ、感じる。阿川さんのおチンチンがいる……」

由希は繊毛が張りつく下腹部を押さえた。それから、腰を徐々に大きく、速く振っては、

「ぁあああ、気持ちいい……阿川さん、止められないの。腰が勝手に動いてしまう……ぁあああ、ああああ！」

右手を繊毛の貼りつく肉土手に当てて、聞いているほうがおかしくなるような喘ぎをこぼした。

「いいんだよ。エッチでスケベでいやらしい、好色な由希さんを見たい。見せてください」

恭一郎は懇願する。

由希は手をあげていって、みずから乳房をつかんだ。右手で左の乳房を揉みあげ、揉みまわす。

それから、左手も参加させ、右の乳房をつかんだ。

左右の手を交差させるようにして、乳房を揉みしだき、頂上の突起を指の腹でまわし揉みする。また、乳房全体を荒々しく揉みながら、くいっ、くいっと鋭く腰を振り立てる。

「おっ、あっ……くぅぅ」

恭一郎はうねりあがる快感を必死にこらえる。最近では、もっとも射精しそうになった瞬間だった。

だが、恭一郎が放つにはもう少し強い刺激と時間が必要だ。

そのとき、由希がまわりはじめた。

自分を貫《つらぬ》いている肉柱を中心に、ゆっくりと時計回りに動いていき、いったん真横を向いた。そこから、また小刻みに動いて、真後ろを向く。

魅力的な乳房は見えなくなった。ウエストから下もグレーのスカートに隠されていて、ヒップは見えない。

それを残念に思っていると、M字開脚した由希が腰を上下に振りはじめた。

上下動するたびに、屹立《きつりつ》を擦られて、快感がうねりあがってくる。それをこらえながら、恭一郎はふと思いついた。

「ゴメン、前に屈んでもらえますか?」

指示をすると、「こう?」と、由希が前に屈んだ。

「そう……なるべく、上体を前に倒して……そう、アレが抜けないくらいに」

由希が指図されたように上体を前に倒したところで、恭一郎はスカートをまくりあげた。

カシミアのような質感を持つミニスカートをめくって、落ちないようにウエストのところで留める。

（ああ、これは……！）

ぷりっとした肉感的な双臀《そうでん》の底に、自分のいきりたちが嵌《は》まり込んでいるところが、まともに見えた。

しかも、かなり前屈しているので、尻たぶの谷間でひっそりと息づくセピア色の蕾《つぼみ》までものぞいている。

「抜けないくらいに、動かせる？」

「はい……やってみます」

由希が前後に腰を振りはじめた。

さすがに、上下動させると、結合が外れてしまいそうになるのだろう。それでも、腰がくねるたびに、蜜まみれの肉柱が膣口《ちつぐち》を押し広げて出入りする光景が、はっきりと目に飛び込んでくる。

恭一郎は前に両手を伸ばして、尻たぶを押し広げながら上下に動かした。

「ぁああ、恥ずかしいわ。見えてるでしょ？」

「ああ、見えてるよ。きみのかわいらしいお尻の孔《あな》も、僕のおチンチンがオマ×コにズブズブ埋まっていくところも、とてもよく見える」

慇懃《いんぎん》にいたぶった。

「ぁあぁ、いや、いや……見ないでください……ぁあああ」

口では、いやと言いながらも、由希は恭一郎の動きに協力するようにみずから腰を揺すっている。その言い方もどこか芝居染みている。

きっと、羞恥《しゅうち》の極限のはずだ。だが、女性のなかには、羞恥心を快楽のスパイスに転化できる人がいる。由希もおそらくそのひとりだ。

「ぁあぁ、見ないで、見ないで……」

そう訴えながらも、盛んに腰を振っている。

由希が下を向いて、上体を倒した。直後に恭一郎は、ぬるっとしたものを感じた。

ハッとして、横から覗《のぞ》くと、由希が前屈して、恭一郎の脛《すね》を舐めているのだった。

（ああ、こんなことまで……！）

恭一郎は初めての経験だった。

唾液をのせた舌で向こう脛を舐められると、ぞわぞわっとした快感が走る。しかも、恭一郎の分身は由希の膣に包み込まれている。

「気持ちいいですか？」

由希が訊いてくる。

「ああ、気持ちいいよ、すごく……こんなのは初めてだ」

「ふふっ、わたしを抱いて、よかったですか？」

「ああ、よかったよ。ほんとうによかった」

「ああ、うれしい……」

心からうれしそうな声を出して、由希は身体を前後に動かしながら、向こう脛を舐めてくれる。

絶景であり、かつ素晴らしい快感だった。

そのとき、乳房も足に触れていることがわかった。尖《とが》った乳首が太腿に触れて、擦っている。

（ああ、最高だ……！）

物理的な快感よりも、ここまでご奉仕されていることの悦びが大きかった。

自分など尽くすに値しない男だ――。

そんなことはわかっている。わかっていても、ここまでご奉仕されると、自分が尽くされてしかるべき男であると錯覚して、気分が良くなる。

恭一郎は由希の下から抜け出して、いったん結合を外した。そして、そのまま由希を這《は》わせる。

ソファベッドに四つん這いになった由希は、ミニスカートがまくれあがって、色白の臀部がこちらに向かって、突き出されている。

由希は自分から膝の幅をひろくして、姿勢を低くし、両手を前に放り出すようにして、尻だけをぐいとせりあげる。

マゾ的な感性を持った女の取る姿勢だと感じた。

由希はこのしなやかで、峻烈《しゅんれつ》な女豹のポーズを取ることで、男がエキサイトするのを知っているのだ。

パトロンの前で、由希がこうやって見せつけている姿が脳裏をかすめる。

そのイメージを、恭一郎は頭を振って払拭《ふっしょく》する。

低くなっている臀部の底に狙いをつけて、押し進めていった。

切っ先がアヌスの下の女の裂け目を徐々にひろげていき、やがて、ぬるぬるっと嵌まり込み、

「くあっ……！」

由希は生臭い声を洩らして、シーツをつかんだ。

肘《ひじ》を突いた姿勢で、ソファの布カバーを握りしめ、あらわな背中を弓なりに反

らせる。スカートはずりあがって、ウエストにまとわりついていた。

その布があることで、尻の出っ張りが強調され、いっそう肢体がエロチックに見えるのだ。

恭一郎は支配的な気持ちになっていた。

両手で腰をつかみ寄せて、ゆっくりと抜き差しをする。まずは、意識的に浅いところを、慎重にゆったりとスライドさせる。抵抗感がなくて、浅瀬をすべっていく感じだ。だが、これが序章になる。

由希はしばらくそれを受け止めていたが、やがて、欲しくなったのだろう。

「ぁああ、意地悪……もっと、もっと強く……」

うつむいたまま訴え、もどかしそうに尻を揺すりあげる。

「最初はゆっくりと浅く、徐々にクレッシェンドしていく……」

解説しながら、恭一郎は次第に深いところに打ち込んでいく。

左右の手でぐいと腰を引きつけながら、屹立を突き出していく。そのリズムがあがり、深度が増すにつれて、強い抵抗感を分身に感じる。

そして、由希は顔を撥《は》ねあげ、背中を大きく反らして、

「あんっ……あんっ……あんっ……」

と、布カバーを搔《か》きむしる。

「いいんだね？」

「はい……いいんです。突き刺さってくる。お臍《へそ》に届いてる……あんっ、あんっ、あんっ……！」

由希はますます尻を低くし、這うようにして、抽送《ちゅうそう》を受け止めている。

恭一郎はもっと追い込みたくなり、由希の右手を後ろにまわさせて、肘のあたりをつかんだ。

後ろに引っ張ると、由希の上体もあがり、左手を突いて身体を支えながらも、

「ぁああ、許して……許してください」

泣き声で訴えてくる。

「許さないよ。由希さんのような人は許さない」

「ああ、どうして？」

「どうしてもですよ。だいたい、由希さんは何かいけないことでもしているんですか。許しを請うようなことをしているんですか？」

畳みかけると、由希が押し黙った。

ウソをつけない人だ。

「やはり、悪いことをしているんですね。では、懲《こ》らしめてあげましょう」

恭一郎は左手で尻たぶを平手打ちした。パチーンと乾いた音がして、

「やぁぁああ……！」

由希が絶叫に近い声をあげて、尻を逃がす。

もう一度、スパンキングすると、由希は凄絶な声をあげ、大きくのけぞって、がくがくと震えはじめた。

「これで、罰は終わりです。あとは、快楽を……」

恭一郎はもう片方の腕をつかんで、両手を後ろに引いた。

両腕を後ろに引かれ、上体を持ちあげたアクロバティックな姿勢で、下からぐいぐい突きあげられて、

「あんっ、あんっ、あんっ……もう、もうダメっ、ダメっ……わたし、イクわ、イキます……！」

由希が切羽詰《せっぱつ》まった様子でがくがくと震えはじめた。

恭一郎は両手を後ろに引きながら、下腹部を猛烈に叩きつけた。

パチン、パチンと音がして、斜めに座ったような形になった由希の尻の底を、勃起が深々とうがち、

「あんっ、あんっ、あんっ……イッちゃう……イク、イク、イッちゃう！」

「いいですよ、イッていいですよ」

恭一郎がたてつづけにえぐりたてたとき、

「うはっ……！」

由希は一瞬のけぞり、それから、がくん、がくんと躍りあがる。

オルガスムスの波を迎えつつある由希を、恭一郎は後ろから羽交い締めにして、その細かい痙攣《けいれん》を味わった。

4

ぐったりしていた由希が、仰臥している恭一郎に身を寄せてきた。

「自分だけ、イッちゃいました。阿川さんはまだですよね？」

そう言って、上から見つめ、手をおろしていく。

いまだ半勃起状態のイチモツを、確かめるように右手でなぞり、

「まだ硬いわ……お強いんですね」

胸板に顔を寄せて、頬ずりしてくる。

「そうじゃないんだ。もう、出ないんだ」

恭一郎が告白すると、由希がエッという顔をした。

「歳のせいだと思うんだけど、女性相手に射精しないんだ」

「こんなにカチンカチンになっても、ですか？」

「ああ、そういうのは関係なくて、どうしても出ないんだ」

「あの……失礼なことをうかがいますが、ご自分でしてもダメなんですか？」

「それは……一応、出るんだ、自分ですれば……きっと、鈍感になっていて、よほど強い刺激を的確なところに与えないと、射精しないんだと思う。だから、由希さんは気にしなくていい。僕の目的は射精じゃない、相手の女性に気を遣《や》ってもらうことだ。だからさっき、きみがイッたとき、幸せだった。今だって、もっときみにイッてほしい」

恭一郎は自分の思いを説く。

「可哀相……わたしが出させてあげる。阿川さんだって、ほんとうは出したいんでしょ？」

「……まあ、射精するに越したことはないかな」

「どうしたら、いいのかしら。わたし、奥さまに似ているんでしょ。真似をしましょうか？　奥さまはどんなふうに……」

「いや、それはいい……じゃあ、こうしようか。オナニーを見せてほしい。僕はそれを見させてもらいながら、自分でしごく。そうすれば、いいところまではいく。そのギリギリのところで、きみが……という形でどうだろう？」

恭一郎は思い切って、提案する。

「いいわ。人前でオナニーなんて、恥ずかしいけど……わたしも阿川さんに出してもらいたいから。どうしたら、いい？」

二人は話し合って、由希は裸にとっくりのセーターを頭からかぶった。ミニスカートは脱いで、下半身は一糸《いっし》まとわぬ姿にする。

恭一郎の使っている事務机の上に由希を座らせて、足を開かせる。

「わたしは、店長を誘惑するバイトの女の子って設定でいいの？」

「ああ、いいよ」

賛同すると、由希はデスクの上で足をM字に開いた。それを見ながら恭一郎は椅子に腰かけて、下腹部でいきりたつものを握る。

自分のしていることは滑稽《こっけい》だったが、とても昂奮する。

由希は太い毛糸を使ったニットをぎゅっと下に引っ張って、M字開脚した太腿の中心にある漆黒《しっこく》の翳りを隠している。

「見たいな」

恭一郎が言うと、由希はしようがないという様子で、ニットを放した。すると、大きく開いた膝の奥に、翳りがのぞいた。

由希はそこを右手で隠すようにしてなぞりながら、左手でニットをたくしあげて、じかに乳房をつかんだ。

「ぁああ……見ないで。見ないでください……ぁあああ」

そう口では言いながらも、由希は胸のふくらみを揉みしだき、下腹部を指でなぞる。

「んんん……ぁあああ、あうぅぅ……」

濃いピンクの乳首を捏《こ》ね、同時に下腹部を、伸ばした指の腹で激しく叩き、開いていた足をぎゅうと内側に絞り込む。

「もっとだ。もっと、見たい」

恭一郎は肉棹をしごきながら、由希を煽《あお》る。

すると、由希は後ろに左手を突いて、身体を反らせ、左右の足を大きくM字に開く。そして、あらわになった繊毛の下端からなぞっていき、中指で肉びらの狭《はざ》間《ま》を撫でて、

「ああ、気持ちいいの……これ、気持ちいい……」

うっとりとした声をあげながら、恭一郎に向かって目を細める。

「昂奮するよ。指をなかに入れてほしい。見せてほしい」

「もう、ほんとうにエッチなんだから」

由希の右手の中指がそろそろと狭間を撫で、それから、おもむろに沈み込んでいって、

「あん……！」

由希はびくんとして、太腿を小刻みに痙攣させる。

中指が第二関節まで没し、由希はそれを見せつけるように、ゆっくりと出し入れして、

「ぁああ……恥ずかしい音がするぅ」

顔をそむける。

耳を澄ませると、淫蜜が立てるネチッ、ネチッという音が聞こえる。

「ほんとうだ。いやらしい音がしてる……どうして、こんなにいやらしい音がしているんだ。こんな音を立てて、恥ずかしくないのか？」

恭一郎はここぞとばかりに言葉でなぶる。

「ああ、いやいや……いじめないで」

「いじめているんじゃない。由希を愉しませているんだ……由希、こっちを見なさい。僕が何をしてる？」

「ああ、マスターが自分でしこしこしている。いやらしく、センズリしている」

「欲しくないか、これを入れて欲しくないか？」

「ああ、ください。欲しいです……入れてよ……お願い、お願いします」

「ダメだ。まだ、あげない」

恭一郎は近づいていき、デスクの前に立って、顔を寄せた。

「よく見えるよ。この距離で見せなさい」

「ぁああ、近すぎる……ぁあああ、あああ、もう、ダメっ……」

手を伸ばせば、届くところに恭一郎の顔がある。由希は羞恥の極限だろう。だが、由希はそれを快楽のスパイスとして受け取ることができるはずだ。

由希は指を二本に変えて、激しくストロークしている。

ネチャッ、ネチャッと淫靡《いんび》な音とともに指で抜き差しする。とろりとした蜜がしたたって、尻の孔へと垂れていく。

そして、恭一郎はそれを至近距離で見つめながら、下腹部の分身を強くしごいている。

「ぁああ、もう、ダメっ……マスター、イキそうです。イキそうなんです」

由希が眉を八の字にして、訴えてくる。

二本の指を素早く出し入れしながら、足を開いたり、閉じたりする。真珠色をした足の親指の爪が、快感にのけぞり、内側へと折り曲げられる。

「ダメだよ。まだ、イカせない……机から降りてくれるかな？」

由希はふらふらしながら、机から降りて、床に立った。

恭一郎は椅子に座って、その前に由希にしゃがんでもらう。裸でおしゃぶりするように言うと、由希がニットを脱いで、生まれたままの姿になった。

それから、前にひざまずいて、恭一郎のいきりたちを頬張ってくる。裏すじを舐めあげ、亀頭冠にちろちろと舌を走らせる。それから、上から唇をかぶせてきた。

ずるっと一気に根元まで咥《くわ》え込んで、顔を打ち振る。

ジュルルと唾を啜りあげながら、先を握った。このときを待っていた。

恭一郎は男根の根元を握った。

右手の指をまわして、力強くしごく。

「ああ、気持ちいい……きみも先を頬張って……できれば、自分であそこをいじって欲しい。オマ×コに指を入れて、出し入れしながらしゃぶってくれ」

エロごころ満開で言う。こういうときは、率直にすべてを明らかにして、自分を解放したほうがいい。快楽を得るとは、そういうことだ。恥をかかなければ、快楽などない。

「返事は？」

「はい……」

由希はちらりと上を見て答えると、右手を下腹部におろしていった。しゃがんだまま、二本の指を膣に押し込んで、出し入れする。そうしながら、亀頭部を頬張って、唇と舌でしごいてくる。

「ああ、そうだ……最高だよ。ぁああ、たまらない」

「んんんっ、んんんっ……ぁあああ、また、また、イキそうです」

由希が亀頭部を吐き出して、とろんとした目で訴えてくる。

「まだだよ。イッては、ダメだ」

「ぁああ、でも……」

「じゃあ、そのまま咥えて」

恭一郎が立ちあがると、その前にしゃがんだ由希が、いきりたちを頬張ってきた。

「んっ、んっ、んっ……！」

大きく速く顔を打ち振りながら、見あげてくる。

「指は動かしている？」

問うと、由希は思い出したように、膣のなかを指で攪拌《かくはん》して、

「んんんっ……んんんっ……」

くぐもった声を洩らす。

「イキそうか？」

訊くと、由希がうなずいた。

「しょうがないな。イッていいよ。イクところを見せなさい。先っぽを頬張ったままだよ」

恭一郎はそう命じて、カチンカチンになった肉柱の根元をつかんだ。しごきあげながら、余った包皮で雁首《かりくび》を擦りあげる。

すると、その摩擦が熱のような快感を生む。

「ああ、気持ちいいよ。出そうだ。出そうだよ」

言うと由希が、

「ああ、ください。わたしのなかにください」

怒張《どちょう》から手を離して、自分からソファベッドに仰臥した。

もう少し自分でしごいていたら、確実に放っていただろう。だが、由希が求めているのだ。できれば、挿入《そうにゅう》して、二人で昇りつめたい。

むっちりした足の膝裏をつかんで、すくいあげた。

鮮紅色にぬめる粘膜めがけて、いきりたちを打ち込んだ。

「ぁああぅ……！」

由希が顎をせりあげて、両手でソファの布カバーをつかむ。

恭一郎も射精したい。膝裏を強く握りながら、押し広げて、ぐっと体重を前にかける。

「ああ、出そうだ。由希さん、イキそうだ」

「ぁああ、わたしも……わたしもイクぅ……あんっ、あんっ、あんっ……イク、イク、イッちゃう！」

由希が両手で布カバーを鷲《わし》づかみにして、のけぞった。

「おぉぅ……！」

恭一郎も吼《ほ》えながら打ち込んだ。もうすぐだ。手が届くところに、射精のエクスタシーが待っている。

「イッていいですよ……イッて……」

由希が言い、恭一郎がつづけざまに叩き込んだとき、

「あんっ、あんっ、あんっ……イキますぅ……いやぁああああぁぁぁぁぁぁぁぁぁ、はう！」

由希が嬌声《きょうせい》をあげて、大きくのけぞる。

そのまま、身体が何かに乗っ取られたように、がくん、がくんと躍りあがる。

（今だ……！）

恭一郎は最後の力を振り絞って、スパートした。

もう少しだった。だが――。

絶頂に昇りつめた由希の膣は、力が抜けて緊縮が感じられない。それが、鈍感になった恭一郎のペニスから力を奪っていく。

（ダメだ。射精できない！）

恭一郎は諦めて、結合を外し、すぐ隣にごろんと横になる。

はぁはぁはぁと、荒い息だけがこぼれて、肝心なものもやがて、力を失くして

いく。

「ゴメンなさい……わたしがいけないんだわ。きっと、あそこがゆるいのね」

由希が身体を寄せてくる。

「いや、そうじゃない。僕のが鈍感になっているから……だけど、よかった。きみは何度もイッてくれた。僕はそれで満足しているんだ。ほんとうだからね」

抱き寄せると、由希がしがみついてきた。

部屋には、依然としてテレサ・テンの『別れの予感』が流れていて、恭一郎の胸に沁みた。

第五章　不倫の巡りあわせ

1

　クリスマスが近づいてきたその日、阿川恭一郎は店が空いているときに甥《おい》の壮介にそれとなく訊《き》いた。

「壮介、沙耶香ちゃんの現状、何か聞いていないか？」

「聞いてないですね。ていうか、店長が知らないのに、俺が知ってるはずがないでしょ？」

「……そうか」

「沙耶香ちゃん、気になりますよね。気になるんでしょ」

　いつも感情をあらわにしない壮介が、珍しく真剣にせまってくる。

「まあね」

「それだったら、店長みずから沙耶香ちゃんの家に行くとか、専門学校に顔を出すとか、したらいいんじゃないですか」

「まあ、そうなんだが……」

「やっぱり、店長、何か負い目があるんだ。何かヤバいことしたんですか？」

　壮介が険しい顔をした。

「いや、していないと思うんだが……」

「沙耶香ちゃんのことになると、煮え切らないですね。もし、動いていいのなら、俺が調べましょうか？」

　壮介がまさかのことを言った。

「……体調は大丈夫なのか？」

「ええ……俺、引きこもってたのは、前の職場でこっちの意思がまったく通じなくて、ハブにされたんで……だけど、ここにいるうちに、だいぶ直りましたよ。懐メロ聴いているうちにね。もし店長の許可が出るなら、沙耶香ちゃんがどうなっているのかさぐってみます。いいですか？」

　恭一郎は自分と沙耶香の肉体関係がばれるのではないか、と不安になった。しかし、それならそれでもいいという気もする。とにかく、そろそろ沙耶香の気持ちを知りたかった。それに、せっかく物事に積極的になっている元引きこもりのやる気を損ねたくない。

「……いいぞ、やってくれ。このままじゃあ、年を越せない」

「じゃあ、まずは、ここ終わったら、専門学校のほうに行ってみますよ。まだ、学校は冬休みに入っていないと思うので……」

「たぶんね……悪いな」

「じつは、俺も沙耶香ちゃんのこと、気になってて……自分の交代要員として俺を指名しておいて、そのままっていうのは、ちょっと許せませんよ」

壮介はもともと沙耶香に興味津々《きょうみしんしん》で引きこもりをやめて、この店に出るようになったのだから、彼女の現状を知りたい気持ちは、恭一郎よりいっそうあるだろう。

その日は平日ということもあって、比較的客は少なかった。このくらいがちょうどいい。正直なところ、あまり来られても困る。

こっちは残りの余生を適度に愉《たの》しく暮らすために音楽喫茶をしているのに、忙しすぎては寿命を縮めてしまう。娘の充希《みつき》はすでに嫁いでいるし、遺産を少々多く残しても仕方ない。

そんなことを思っていると、ドアベルの鳴る音がして加瀬愛美《かせまなみ》が入ってきた。

「いらっしゃい」

声をかけると、愛美はにこっとして、いつもの自分の指定席に腰をおろす。

二十三歳の保育士で、とてもチャーミングな女性だ。

壮介が席にいくと、愛美は予想どおり、フルーツタルトのケーキセットを注文した。保育園の仕事が早くあがれたときには店に来て、必ずといっていいほど、ケーキセットを注文し、とても美味しそうにぺろりと平らげる。

甘いものが大好きなのだ。

初めて来たのは、懐メロカラオケ大会だった。そのとき『プラスティック・ラブ』を歌って喝采《かっさい》を浴びた。

あの後、店で長谷川由希のスイーツをセットで出すようになると、どこから聞きつけたのか、愛美は頻繁に訪れるようになった。

もともとスイーツが大好きで、由希のケーキを食べたら、忘れられなくなったらしい。

近くの保育園に勤めているので、どうしても足が向いてしまうという。極上のスイーツはとくに病み付きになる率が高い。

それに、本人も竹内まりやに代表されるような八十年代のシティ・ポップにハマっているから、『音楽喫茶フジ』は、彼女にとって快適な場所なのだろう。

恭一郎がコーヒーを淹《い》れて、フルーツタルトのセットを壮介が運んでいく。

そして、愛美はとても美味しそうにフルーツタルトを口に入れて味わい、幸せそうな顔をする。

口直しにコーヒーを飲んで、勿体《もったい》ないという意識丸出しで、タルトを少しずつ食べる。

その至福に満ちた顔を見るだけで、こちらも幸せな気持ちになる。

いつもと違ったのは、愛美がケーキを食べ終えて、コーヒーをほとんど飲み尽くしても、なかなか帰ろうとしなかったことだ。

そうこうしているうちに、他の客も帰り、愛美だけになった。

愛美のように気をつかえる女性が、すでにクローズの時間を過ぎているのに帰ろうとしないのが不思議だった。

それに、時々目が合う。

（ひょっとして、俺と話がしたいんじゃないか？）

恭一郎は、壮介に「今日はもうあがっていいよ」と告げた。壮介も何かを察したのだろう、うなずいて着替え、

「俺、専門学校に顔を出してみます」

そう耳打ちして、店を出ていった。

二人だけの状態になったのを確認して、愛美が席を立った。

カウンターのなかにいる恭一郎に話しかけてきた。

「すみません、遅くまでいて……どうしても、マスターに確かめたいことがあったので」

「さて、何だろう。ちょっと怖いな」

「あの……マスターは、小石川菜々《こいしかわなな》という保母をご存じですよね？」

その名前をいきなり出されて、恭一郎の心臓は激しく鼓動を打った。

「……知ってるけど……」

「やはり、そうでしたか……」

愛美が何か言いかけたとき、彼女のスマホが小さな呼び出し音を立てた。画面を見た愛美が、

「すみません、園からです……ああ、はい。カズマくんのお母さんがいらしたんですね。わかりました。すぐに行きます」

愛美は電話を切って、恭一郎を真剣な目で見た。

「十分で帰ってきます。お待ち願えますか？」

「いいですよ。後片付けしていますから、急がなくても大丈夫です」

「すみません。すぐに来ますから……」

　愛美が店を飛び出していった。

（あの子が、どうして小石川菜々のことを訊いてきたんだろう。二人とも保育園に勤めているので、何らかのつながりがあるのか……）

　頭をひねりながら、恭一郎は部屋に流れる曲を、サザンオールスターズのヒットメドレーに変えた。

『いとしのエリー』の哀切《あいせつ》な歌声が流れ、つぎに『LOVE AFFAIR《ラブアフェア》～秘密のデート』の前奏がはじまる。

（ああ、これだった。これが俺と小石川菜々の思い出の曲だ）

　歌がサビに入り、マリーンルージュや大黒埠頭《だいこくふとう》という横浜の名所が出てきたとき、恭一郎の頭のなかで、タイムスリップが起きた。

2

　恭一郎はクリスマスが近づいてくると、横浜を思い出す。

一九九八年のクリスマスイブ――。恭一郎が四十三歳のときに、横浜の港が見えるホテルに泊まって、ある女性と一夜を過ごした。

女性は妻の路子ではない。小石川菜々といって、当時、恭一郎の娘が通っていた保育園の保母だ。年齢は二十三歳だった。

結婚して、しばらく子宝に恵まれず、路子が三十六歳になって、ようやく娘をもうけることができた。恭一郎が建築家として売れてきた頃でもあり、路子は娘を出産して、すぐに働きはじめた。

恭一郎は、路子のプロデュースなしでは、多くの仕事を潤滑《じゅんかつ》にこなすことができなかったからだ。

だから当然、娘の充希も保育園に預けなければならなかった。

路子も多忙で、二人はお互いの都合のいい日に、娘の園への送り迎えを分担した。

ようやくできた一粒種である。娘に時間を取られるのは、まったく苦に思わなかった。

そして、娘の保育園で、恭一郎は小石川菜々に出逢った。

菜々は若く、溌剌《はつらつ》としていて、仕事には自信を持っているようだった。

実際、ジーンズを穿《は》いて胸当てエプロンをつけ、子供たちと一緒に遊んでいるところを見ると、まったく無理をしている様子はなく、傍《はた》から見ても、保母が天職のように見えた。

本人にもその自覚はあったはずだ。だからこそ、いつも無理なく潑剌としていられたのだ。

しかも、彼女は容姿にも恵まれていた。ミドルレングスの髪の愛らしい顔だちで、瞳がいつもキラキラしていた。中肉中背で無駄な肉はついていなかった。だが、胸とヒップはボリューム充分で、見事な丸みを見せていた。

初めて顔を合わせたときから、心の底で何かが動くのを感じた。

とても無邪気なのに、エロチックだった。普通、何らかの方法で何かを隠すことで、エロスは生まれる。しかし、菜々にはそんな姑息《こそく》な手段は必要なかった。

娘の保育園への送り迎えをはじめてから、一年後くらいだった。

休暇をとっていた菜々に、映画館の前で偶然、出逢った。

『ああ、充希ちゃんのパパだ』

そう瞳を輝かせて近づいてくる小石川菜々を見て、何かいけないものを見た気がした。運命的なものを感じて、一瞬にして、夢のなかへと連れ去られていくような、と言うべきか……。

　二人は偶然、同じ映画を同じ時間帯で見ようとしていた。

『どうせなら、隣で見ますか、女性ひとりでは不安でしょう』

　菜々にそう声をかけていた。菜々はそれを受け入れて、二人は隣同士で当時人気だったサスペンス映画を見た。

　その後、恭一郎が食事に誘うと、『ほんとうは、保護者のお誘いに乗ってはいけないんですけど……』とためらいながらも、つきあってくれた。

　行きつけのフレンチレストランで量が少ないコースを頼むと、菜々は『美味しい！』と少女みたいに素朴に喜んでくれた。

　菜々は、小さな頃から『家』が好きで、結婚したらどんな家に住みたいかを、ずっと夢想していたらしい。

　充希ちゃんのパパ、即ち恭一郎が建築家であるのを知っていて、それで興味があって、こうして食事につきあわせてもらっているのだと言った。

「小坂明子《こさかあきこ》の『あなた』だね。あっ、知らないか？　きみは確か、一九七五年の生まれだろ？」

「はい……」

「『あなた』の発売が一九七三年の末だから……」

「でも、よく知っています。阿川さんのおっしゃるように、わたしもその曲を聴いて、どんな家に住みたいか考えていましたから」

「だったら、すごくわかるよ」

「〈もしも私が家を建てたなら〉っていう歌詞を聴いて、いろいろと想像していました。ただ、小さな暖炉はいいけど、ブルーの絨毯《じゅうたん》はどうかなって思っていました」

「確かに、ブルーの絨毯は難しいね」

恭一郎も苦笑していた。

食事後にあっさりと散会したが、その日をキッカケに二人は内緒でデートらしきものを重ねるようになった。

あの頃は、保育園への娘の送り迎えを積極的に行った。小石川菜々に逢いたかったからだ。そして、菜々はいつも期待に違《たが》わず明るく純粋で、赤裸々なエロチシズムを放っていた。

なぜだろう。不謹慎な言い方だが、菜々が園児たちと戯《たわむ》れている姿を見ると、微笑《ほほえ》ましく感じるとともに、自分も菜々に遊んでほしくなり、その場所がどこかというと、ベッドの上だったりするのだ。

もちろん、自分は充希の父親であり、娘を担当する若い保母さんとつきあっていいはずがない。そんなことは、わかっていた。だが、その頃、妻の路子は育児と仕事に忙殺《ぼうさつ》されて、ヒステリック状態になることが多かった。

もちろん、妻がそうなるのもわかった。しかし、実際に妻の鬼のような形相《ぎょうそう》を目の当たりにすると、すぐにその場から逃げたくなった。

そして、保育園への送り迎えで、菜々の天真爛漫《てんしんらんまん》ともいうべき笑顔を見ると、自分は今、この女を必要としているのだと思わずにはいられなかった。

菜々は当時、つきあっている男はおらず、二人の間で本来なら一線を越えてはいけない関係性が徐々に醸成《じょうせい》されつつあった。

その年、一九九八年（平成十年）の一月から三月にかけて、話題となったテレビドラマ『Ｓｗｅｅｔ Ｓｅａｓｏｎ《スウィートシーズン》』が放映された。松嶋菜々子《まつしまななこ》演じる不倫ドラマで、その主題歌が、サザンオールスターズの『ＬＯＶＥ ＡＦＦＡＩＲ～秘密のデート』だった。

菜々は、ドラマのヒロインを演じる松嶋菜々子と自分の名前が一部重なることもあって、ひどくその不倫ドラマに入れ込んで、クリスマスが近づくと、横浜の海の見えるホテルでクリスマスイブを迎えたいと熱望するようになった。

そして、恭一郎は手を尽くして、その願いを叶えた。

あのとき、恭一郎は自分の仕事が軌道に乗っていたこともあって、いささか自信過剰だった。

そうでなければ、クリスマスイブに娘が世話になっている保母と横浜で不倫しようなどという、神をも恐れぬ不埒《ふらち》な所業《しよぎよう》はしない。

クリスマスイブに、恭一郎はあらゆる手段をこうじて、実際にはない仕事の打ち合わせをでっちあげ、急遽大阪に飛ばなければいけないから、悪いが今夜は二人で過ごしてくれと、妻と娘に言い聞かせた。

そして夕方、恭一郎は菜々とともに、横浜の赤レンガ乗り場からマリーンルージュ号に乗船した。

菜々がテレビドラマの主題歌のように、横浜の夜を愉しみたいと言ったからだ。

二人はマリーンルージュ号でクリスマス・ディナーを食し、船の屋上に出た。

海上はとくに寒いので、菜々はコートを着て、ふかふかの白いマフラーを首に巻いていた。

デッキにはクリスマス用の照明が灯《とも》り、ジングルベルとサザンオールスターズの『LOVE AFFAIR』が交互にかかり、近未来都市を思わせる、みなとみらいのビル群の明かりが煌《きら》めいて、まるで夢のようだった。コスモクロックの大観覧車が、クリスマス用のイルミネーションで鮮やかな色の光を放ちながら、ゆっくりとまわっていた。

恭一郎は菜々を抱き寄せて、キスをした。初キスだった。

菜々はそうされるのを待っていたのだろう。しっかりと受け止めて、自分からも舌をからめてきた。ジングルベルとともに徐々に感情が燃え立っていくキスを、今でも覚えている。

それから、虹はなかったが大黒埠頭を見て、ホテル『ニューガーディアン』の一階にあるバー『シーガーディアン』でお酒を呑《の》んだ。

歌詞のとおりに、菜々は酔わされて、二人はそのままハーバービューのホテルの部屋に行き、抱きしめ、また口づけた――。

今でもあの光景は覚えている。

部屋の右手に大観覧車、左手には港が見えた。

二人はバルコニーに出て、回転を止めたコスモクロックと港を眺めながら、抱き合ってキスをした。もうその頃には、愛娘の保母と父親という意識はほとんどなくなっていた。

キスをつづけながら、ぐいと抱き寄せると、

「あんっ……！」

と、菜々は喘いで、ぎゅっとしがみついてきた。

部屋に入り、着ているものを脱ぎ、二人はビューバスにつかった。景色を愉しむために作られたバスで、広いバスルームの二面がガラス張りになっていて、観覧車と港を望むことができた。

シャワーを浴びて、二人用の広いバスタブにつかった。すると、菜々が近づいてきて、背中を向けて座った。

恭一郎は後ろから手を伸ばして、乳房を揉みながら襟足《えりあし》にキスをする。すると菜々は、

「ぁああ、気持ちいい……」

うっとりとした声を洩《も》らして、顔をのけぞらせた。

恭一郎がその右手をつかんで、バスタブのなかに導いた。菜々はおずおずと屹《きっ》立《りっ》に後ろ手で触れて、肉柱が硬くなっているのを確認すると、そのまま握ってき

た。

バスタブの縁《へり》に座った恭一郎のイチモツを、菜々が丁寧《ていねい》に舐《な》めしゃぶり、上から頬張《ほおば》ってきたときの背筋を貫《つらぬ》いた甘い旋律《せんりつ》を、今もまだ鮮明に覚えている。

菜々のフェラチオはとても情熱的で、テクニシャンでもあった。その巧みさと日頃、無邪気に幼児と接している菜々が違いすぎて、戸惑いながらも、恭一郎はいっそう燃えた。

やがて、菜々は立ちあがり、おずおずと腰を突き出してきた。

すらりとしているが、太腿《ふともも》からヒップにかけて、充分すぎるほどの肉が付いていた。

驚いたのは、菜々が剃毛《ていもう》していたことだ。女の園には隠すものがなく、そのあらわな丘と肉びらの狭間《はざま》に、生々しい女の粘膜がぬめ光っているのを見たとき、すべての禁忌《きんき》が木《こ》っ端微塵《ぱみじん》に吹き飛んでいった。

猛《たけ》りたつものを後ろから打ち込んだとき、

「ぁあああっ……！」

菜々が悲鳴に近い声をあげて、のけぞった。

包み込んでくる肉襞《にくひだ》のうごめきを感じながら、恭一郎はストロークを開始した。

これほど贅沢《ぜいたく》な、破壊的で背徳的な瞬間を味わったことがなかった。

自分は妻子にウソをついて、娘の保母と、横浜のハーバービューの部屋で身体を合わせている。

独身でチャーミングな保母を、今、クリスマス用のイルミネーションに彩られた観覧車を窓越しに眺めながら、立ちバックで犯している。

観覧車の光のショーを見ながら、恭一郎は昇りつめ、菜々も嬌声《きようせい》を噴きあげ、がくん、がくんと痙攣《けいれん》しながら、お湯に身体を沈ませていった。

その夜はほぼ一睡もせずに、菜々を抱いた。

想像よりはるかにたわわだった乳房に顔を埋めた。そのときだけは、自分が幼児になったようだった。

菜々は、愛撫《あいぶ》を重ね、体位を変えて嵌《は》めるごとに感度が高まり、身をよじり、咆哮《ほうこう》し、最後は痙攣しながら絶頂に昇りつめた。

二人は身体の相性がいいのだと感じた。おそらく、路子よりも……。

もし、路子より先に出逢っていたら、自分は菜々を選んだかもしれないとまで思った。

別れの朝が来て、二人はなかなかベッドを離れられず、結局チェックアウトぎりぎりの時間まで、部屋で抱きあっていた。

二人の密会がこれが最後になるかもしれず、思い残すことがないようにと、菜々も恭一郎も、お互いを貪《むさぼ》りあった。

そして、部屋を出る前に恭一郎は、あの歌詞どおりに菜々の首すじに夢の跡であるキスマークをつけた――。

このキスマークは翌日、保育園の関係者に発覚して、誰が菜々先生の首すじにつけたのだろうと、ひと騒ぎあったらしい。

『あなたじゃないよね？』

後日、そのウワサを知った路子にいきなり訊かれて、

『まさか……あの先生が俺なんか相手にしないよ。きっと、もっと若い、同年代の色男じゃないのか……』

そう言ったところ、

『そうよね。あんなにモテそうな保母さんが、あなたなんかを相手にするわけがないものね。ゴメン、ゴメン……買いかぶりすぎてた』

路子に言われて、恭一郎は『中年男性をナメるなよ』と内心ほくそ笑んだもの

だ。

菜々との関係は、娘が小学校にあがるまでつづいた。ただ、身体を合わせたのは一年に数度程度だったが……。

それだけ、恭一郎は仕事に追われていたし、何よりも、不倫が見つかったときに妻に離婚を切り出せるほどの覚悟はなかった。歌詞のなかの男が臆病であったように、恭一郎も臆病だった。

娘が二年生になったとき、菜々は保育園を移っていった。その後、風のウワサで、結婚して幸せな生活を送っていると聞いたのだが、事実はわからない。

3

なぜ加瀬愛美が「小石川菜々をご存じですよね」と、確かめるような言い方をしたのだろう――。

いずれにしろ、菜々を知っているのだから、一緒に働いたことがあるのかもしれない。それで、たとえば愛美が菜々の伝言のようなものを恭一郎に持ってきたのか……。だが、そうならば、そんな面倒なことはせずに、本人がみずから来れば済むはずだ。

菜々は自分よりちょうど二十歳年下だったから、今は四十九歳。不倫を犯したとき、菜々は二十三歳だった。そういえば現在、加瀬愛美も同じ年齢だ。

（もし可能なら、菜々に逢いたい。もともと見た目は年齢不詳だったから、たとえ四十九歳になっても魅力的な女性でありつづけているだろう。いや、そうあってほしい……）

コップをきゅっ、きゅっと拭いていると、ドアベルが鳴って、加瀬愛美が戻ってきた。息を切らしていた。今日はとくに冷えるので、コートを着て手袋をしていたが、それを脱ぎながら、

「すみません。お待たせしました」

と、乱れた呼吸を必死に戻そうとしている。

「冷えたでしょう。これ、飲んだらいい……」

温めておいたコーヒーを出して、カウンターの前の椅子を勧めると、愛美は頭をさげて、高いスツールに腰をおろした。

寒いところを走ったので、頬が赤く染まっている。長いさらさらの髪が後ろでポニーテールにまとめられている。

「用は済みましたか？」

「ああ、はい……すみません、肝心なところで」

愛美は、両手で包むようにして持った、温かいコーヒーカップに口をつけ、

「美味しい……！」

と、破顔した。

二口飲んでから、カップを置いて言った。

「さっきの繰り返しになりますが……マスターは小石川菜々をご存じなんですね？」

愛美が澄んだ瞳でまっすぐに見つめてくる。ウソは言えなかった。そもそもウソをつく必要などない。あのことを除いては……。

「知っています」

そう簡単に答えたものの、愛美はうなずいて黙したままなので、沈黙にせかされるように、みずから詳細を話していた。

「僕が東京で暮らしていた頃、娘を保育園に預けていたんですが、小石川さんはそこの先生でした。当時は、保育士とは言わず、保母さんと呼ばれるのが一般的でしたね。何年もお世話になったので、よく覚えています……その、小石川さんが何か？」

思い切って、訊いた。

「じつは……わたし、小石川菜々の娘なんです」

「えっ……？」

恭一郎はぽかんとしてしまった。

（娘？　この子が、あの菜々の娘なのか！）

姓が違っていたので、わからなかったが、女性は結婚すれば姓が変わる。

確かに、そう言われると、眉間《みけん》から鼻筋にかけての造作《ぞうさく》が、菜々に似ている。

しかし、そっくりというわけではないから、わからなかった。だいたい、いくら同じ保育園関係の仕事をやっているからといって、まさか近所に勤める保育士が、不倫相手の娘だったなんて、思いもよらない。

「驚かれたようですね？」

「ええ、はい……結婚なさったというウワサは聞いたんですが、お子さんがいらっしゃるとは知らなかったので……そうですか、愛美さんは小石川菜々さんの娘さんでしたか……」

「はい」

「じゃあ、お母さんはまだ東京にいらっしゃる？」

「……逢いたいですか、母に？」

「ええ、はい……」

もし菜々に再会できるなら、強烈な体験になるだろう。彼女がどのように歳を重ねてきたのかは、大いに気になる。いやそれ以上に、純粋に菜々に逢いたい。あのときのように――。

するとと、愛美が目を伏せて言った。

「じつは、母は二年前に癌で亡くなりました。ゴメンなさい。期待を持たせるようなことを言って……」

（えっ、菜々が死んだ？　死んだって！）

彼女の死をすぐには受け入れられなかった。

死を無縁の存在に感じていた。いつまでも、若さを保ったまま人生を送っていくのだろうと思っていた。

不覚にも熱いものが込み上げてきて、涙があふれそうになる。涙がこぼれるのを抑えようと、手の甲で拭《ぬぐ》った。

「すみません。目にゴミが入って……」

誤魔化しにもならないことを言う。

「安心しました……やっぱり阿川さんは、母を真剣に愛してくださっていたんですね。ああ、大丈夫です。死の直前に、母から阿川さんについてはいろいろと聞きました。クリスマスイブを横浜で過ごしたことも。そのとき、阿川さんには奥さまも保育園に通う娘さんがいらしたことも……ですから、阿川さんが今更隠し立てすることは何もありませんので……」

愛美がまさかのことを言う。

（そうか……すべて打ち明けてしまったのか……愛美はそれをわかっていて逢いにきたというわけだ。いや、待てよ。愛美は俺がここにいることを、どうやって……？　ひょっとして、あらかじめわかっていて、ここに来たのか、俺を偵察するために……いや、それはないだろう。そこまではしないはずだ）

恭一郎のそんな心模様がわかったのか、愛美が言った。

「わたし、縁あってこの地に来たんですけど、カラオケ大会で『音楽喫茶フジ』を訪れるまで、母から聞いた阿川さんが、ここの店のマスターだって知らなかったんです。普通、あり得ないですよね。あの日、マスターからお名刺をいただいて、名前が一緒だったので……まさかと思いました。でも、調べていくと、その、まさかでした。これは何かの啓示《けいじ》だと思いました。いつ言おうか、あるいは隠しとおそうか、迷いました。でも、クリスマスが近づいてきて、この前、母が夢枕《ゆめまくら》に立ちました。そして、言ったんです。愛美を通してあの人に逢いたい、恭一郎さんとクリスマスイブを過ごしたいと……だから、今夜、打ち明けることにしました。クリスマスまでもう日にちがないですから」

そう言って、愛美は真剣な目を向けてくる。

あまりにも急な展開で、頭が追いついていかない。

自分はたった今、愛美がじつは菜々の娘であると、衝撃の事実を打ち明けられた。それはまあいい。菜々が亡くなっていたのはショックだが、世の中には偶然ということがある。

しかし、その後の展開がわからない。

今は天国にいるはずの菜々が、クリスマスイブに娘である愛美を通して、過去の不倫相手に逢いたいと言っている……。

「クリスマスイブまでは、あと三日だね。それで、僕はどうしたらいいんだろうか？」

「母は阿川さんに逢いたがっています。わたしを通じて……ですから、あのイブにあの……」

「イブを愛美さんと一緒に過ごせばいいんだね」

「はい……それで、きっと母は悦《よろこ》ぶと思います」

「わかった。いいよ。それくらい何でもない。どうせ、イブはひとりで過ごす予定だったんだから」

「ありがとうございます。では、イブにこちらに来ます」

「二十四日の午後五時から、クリスマス・パーティを開く予定ではいるんだ。常連さんや関係者の内輪のパーティだ。仮装可だから……愉しい格好をして来てもらって大丈夫だ。かわいいミニスカサンタとかね……」

　恭一郎は笑った。

「せいぜい二時間くらいで終わるから、その後、きみは残ってほしい。それで、いいかな？」

「はい……ありがとうございます。わたし、すごく強引で失礼なやり方をしているのに、受け入れていただいて……」

「いいんだよ。僕も小石川さんのことをもっと聞きたい」

「うれしいです、すごく……ゴメンなさい、遅くまで居すわってしまって……帰ります。イブの五時には必ず来ます」

愛美は寒空のなかを、外に飛び出していった。

4

クリスマスイブに『音楽喫茶フジ』では、ささやかなクリスマス・パーティが行われていた。

参加者は、甥の壮介、従業員の吉岡美樹とその夫である健吾、そして常連客の満島忠志と、加瀬愛美、恭一郎の六名。

長谷川由希も来たがっていたが、パティシエにとってクリスマスイブはいちばんの稼ぎ時なので、今日は店でクリスマス用のケーキを売っている。

池田沙耶香には、ぜひ来てほしかった。

壮介によると、この前、美容専門学校で沙耶香を見つけて、話そうとしたものの、以前、店から一緒に学校に通っていたあのしつこい男、波島洋治に阻止されたという。

『だけど沙耶香さん、すごく、何かを言いたいって顔をしていましたから、一度きちんと話せたら、新しい展開があるかもしれません』

壮介がそう言うので、希望はありそうだ。いざとなったら、自分が出ていって、沙耶香に戻ってくれるように頼むつもりだ。

店内にはあらゆるジャンルのクリスマスソングが流れ、シャンパンの栓《せん》が抜かれて、人数の割には、チキンやケーキがすごい勢いで減っている。

吉岡美樹の背中のひろく開いた、ドレッシーでセクシーなドレス姿は、参加者一同の注目を浴びた。妻に注がれる男たちの熱い視線に夫の健吾が昂奮しているのがわかる。もしかしたら、この男は「ネトラレ志望」かもしれない。

加瀬愛美は恭一郎の希望どおりに、かわいく、セクシーなミニスカサンタの仮装をしてきた。

おそらく、父親は背丈があるのだろう。愛美は、小柄だった母とは違って、中肉中背で胸もヒップも発達している。

赤いワンピースで短いフレアスカート。胸元に白いビロードとボンボンが二つ付き、膝上二十センチのフレアスカートの途中にも白いレースがあしらわれていて、すごくキュートで、なおかつセクシーだった。

そう感じてしまうのは、愛美がじつは小石川菜々の娘であることがわかったからだろうか……。

赤と白のサンタの帽子をかぶった顔には、確かにちょっとした表情や仕種《しぐさ》の端々に、菜々の面影があった。

目と目は離れ気味なのに、何かの折に目がきゅっと近づくと、懊悩《おうのう》するような表情も出て深みが増す。そういうところも菜々に似ていた。

肘《ひじ》までの赤と白の手袋をつけて、太腿まで白の網ストッキングを穿いているので、そのセクシーさがいっそう強調される。

「おいおい、愛美ちゃん、そのミニスカサンタ、かわいすぎるよ。ダメじゃないか、保育士先生がそんなにセクシーじゃあ……ツーショットで撮ろうか」

満島がせまり、愛美が助けを求めるようにこちらを見たので、恭一郎は近づいていって、説教した。

「満島さん、ダメですよ。今夜は自撮り以外の撮影は厳禁だって言ったでしょ。もしこの写真が流出して、それを子供たちが見たらなんて思うか。保護者が見たって、ヤバいですよ」

「はい、はい。わかった……」

満島は不満を呑み込んで、チキンにかぶりついた。ムシャムシャ食べてから、言った。

「やっぱり、沙耶香ちゃんは来なかったんだな。ひょっとしたらって、ひそかに期待してたんだけどな」

「……ですね。残念です」

恭一郎は早いうちに沙耶香に逢って、戻ってくれるように説くつもりだ。

あっという間に二時間が過ぎ、パーティはお開きになった。

参加者は三々五々帰っていき、愛美はいったん帰った振りをして、ふたたび戻って来た。

その頃には、店はもう片づいていて、店内には恭一郎しかいなかった。

愛美がコートを脱ぐと、あのミニスカサンタの強烈な姿が現れて、恭一郎は一瞬、目のやり場に困った。さっきまでは何人もいて、それほどは気にならなかったが、こうして二人きりで愛美のサンタ姿を見ると、ドギマギして、どうしていいのかわからなくなる。

カウンターの前のスツールに愛美を座らせて、店に流れていた曲を、サザンオールスターズのヒット曲集に変えた。

残しておいたピンク色のシャンパンを抜いて、グラスに注《つ》ぎ、乾杯をする。

恭一郎もカウンターを出て、愛美の隣に腰をおろす。

ぐっと距離が近くなり、恭一郎は剝《む》き出しとなった二の腕のすべすべした色白の肌や、組んだ足からのぞく白い網ストッキングに、目を奪われそうになる。

　愛美が言った。

「あっ、これですね。サザンの『ＬＯＶＥ　ＡＦＦＡＩＲ』……母はこの歌詞をなぞる形で横浜でデートをしたんだと言っていました」

「そうだったね……当時のブームだったんだ。今でいう聖地巡礼かな」

「うらやましいです。でも、母も随分と大胆なことをしたんだなって……相手は預かっている子供の保護者ですものね。不倫ですし……」

「ああ、確かに。僕も菜々さんに夢中だったしね。何とかして、彼女の願いを叶えてあげたかった」

「危険を冒しても？」

「ああ……きみのお母さんが大好きだったんだ」

「うらやましいな、ママが……」

　そう言って、愛美は隣の恭一郎の肩に頭を預けてきた。

「きみは、まだ彼氏いないの？」

「……いません。きっと、わたし、魅力がないんですね」

「いや、充分魅力的だよ」

「だったら、どうして男の人が寄ってこないのかしら」

「そんなことはないと思うよ。保育士さんは、職業としても人気があるし……きみが美人すぎるので男は尻込みして、最初から諦めちゃうんじゃないかな」

「そんな……買いかぶりです、わたしなんて……」

「いや、美人だよ」

恭一郎はじっと愛美の横顔を見て、

「うん、こうやって見ると、確かに似ている」

「そう、ですか？」

「ああ、似てるよ。でも、お母さんは小悪魔的美人だったけど、きみは正統派の美女だね」

「だったら……」

愛美はこちらに顔を向けて、アーモンド形の目を向けてくる。

「……わたしを、小石川菜々だと思ってください。できませんか？」

「いや、できるよ。菜々、好きだよ……」

恭一郎は椅子から降りて、正面から愛美を抱きしめた。ミニスカサンタの衣装をつけている、かつての不倫相手の娘にキスをする。

愛美は一瞬びくっとしたが、逃げずにそのままキスを許す。あまり経験のない女がするキスだと感じた。それでも、顔の角度を変えて、上唇や下唇を頬張るように、チュッ、チュッとキスをすると、愛美の強張《こわば》りが解けていき、自分からもしかけてきた。

おずおずと恭一郎の背中に腕をまわし、顔を引き寄せて、唇を合わせてくる。初めてというわけではなさそうだ。ただ、経験が少ないだけだろう。

そのとき、BGMが桑田《くわた》佳祐《けいすけ》の『白い恋人達』に変わった。恭一郎はいったんキスをやめて、言った。

「この曲、知ってる？」

「ええ、もちろん。好きな歌です……〈二度と帰らない誰かを待ってる〉って、阿川さんとママみたい……」

「だけど、彼女はここに来ているんだろ。僕の前に……」

「そう……今からわたしは完全にママになる。恭一郎さんもそのつもりでいてね」

「わかった……じゃあ、こんなことをしちゃおうかな。僕たちはいざとなると、すごくエロいことをしていたからね」

そう言って、恭一郎はキスをしながら、赤いサンタの衣装越しに、胸のふくらみに手を添えた。

恭一郎は床に立ち、愛美はスツールにミニスカサンタの格好で腰かけている。

白いビロードの縁でボンボンが二つついた赤いサンタワンピースの胸を、やさしく揉みしだいた。

「んっ……んっ……ぁあああうぅ」

愛美がキスできなくなったのか、ぎゅっとしがみついてきた。

恭一郎はその背中から腰にかけて、撫《な》でおろし、さすりあげる。すると、愛美が耳元で言った。

「こんなことされたの、初めてです」

「そうか……愛美はまだまだ成長過程ってことだな」

「同じ二十三歳でも、ママとは違うでしょ？」

「違うね。でも、それでいいんじゃないか。お母さんと一緒だったら、つまらないよ。それに、きみはきみだ。さっき、菜々として扱うって言ったけど、無理だよ。きみはきみとしてしか愛せない……だけど、覚えておいてほしい。菜々はいざとなると、すごくエッチで奔放《ほんぽう》だった」

恭一郎はサンタの衣装の胸元をつかんで引きおろした。ノーブラで肩紐もない赤いワンピースがさがって、生々しい双乳がこぼれでると、

「あっ……！」

愛美はあわてて乳房を手で隠す。

サンタクロースの格好で乳房があらわという姿に、倒錯的《とうさくてき》な昂奮を覚えながら、その手をどける。

Dカップだろうか、理想的な大きさの乳房が威張ったようにツンと乳首を擡《もた》げていて、乳輪も乳首も透《す》き通るようなピンクだ。

（菜々の血を継いだな。オッパイの形がそっくりだ）

恭一郎は胸のふくらみを揉みあげながら、頂《いただき》にしゃぶりついた。かるくキスをして、舐めながら唾液で湿らせる。頬張って、かるく吸うと、

「ぁあああうぅぅ……」

愛美が長い吐息を洩らした。

「気持ちいい？」

乳首に口をくっつけたまま、確かめる。

「はい……ぞくぞくします」

「これは？」

恭一郎は舌を巧みにつかって、唾液で濡れて尖《とが》ってきた乳首をもてあそぶ。上下左右に舌を走らせ、柔らかな乳房を揉みあげる。

最初は戸惑いもあったようで声の出なかった愛美が、徐々にリラックスして感じてきたのか、

「あっ……んっ……あっ……」

顔をのけぞらせて、くぐもった声をあげた。

「いい声が出てきた。感受性が鋭いんだね。素晴らしいよ」

愛美を褒《ほ》めてから、乳首を舐め、指で挟んで転がし、トントンとトップを叩いた。それを繰り返していると、愛美はスツールの上でがくがくと震えはじめる。

そのとき、恭一郎は、愛美の姿が壁に埋め込まれた等身大の鏡に映っていることに気づいた。

「見てごらん、あの鏡を」

スツールを回転させて鏡のほうに向け、自分は背後に立った。

等身大の大きな鏡には、胸をあらわにして、ミニスカサンタのコスプレをした愛美が、しっかりと映っている。

「ああ、いや……」

愛美が顔をそむけた。

「さっき言ったように、きみのお母さんと僕は、いざとなるとすごく自由奔放になった。ホテルのベランダでしたこともあるんだよ。クリスマスイブ以来、横浜がデートコースになって、観覧車に乗りながら、菜々におしゃぶりしてもらったこともある。我慢できなくなって、観覧車のなかで立ちバックでセックスした。菜々は危ない快楽を享受《きょうじゅ》するのが大好きだった。もちろん、天性の保母だったので、僕はギャップ萌えして、菜々にますますのめり込んでいった。きみだって、菜々の娘なんだから、きっとそうなる。今はまだ気づいていないだけだ。自分に素直になってごらん」

言いながら、後ろから乳房をつかみ、揉んだ。尖っている淡い色の乳首を指で捏《こ》ねる。その姿が正面の鏡に映し出されている。

「見てごらん。きみの姿が映っている」

「ぁああ、いや、恥《は》ずかしいわ……」

「ときには羞恥心《しゅうちしん》が邪魔をするんだ。女は貞淑《ていしゅく》で清楚《せいそ》でなければいけないという既成概念が、無駄な羞恥心を生む。そんなものは取り払えばいい。女性は、元々エッチにできているんだ。感じるにつれて獣《けもの》のようになり、メスになっていく。それが気持ちいいんだ。くだらない道徳は忘れていいんだよ。わかるね？」

「……はい」

「鏡のなかの自分を見なさい」

愛美は鏡に映る自分を、はにかむようにして見ている。

「足を開いてごらん」

「……でも」

「いいから、開きなさい！」

強い口調で言うと、愛美は叱られた子供のようにうなだれて、おずおずと足を開きはじめた。

スツールに座りながら、両足を途中の足置きにかけて、徐々に膝をひろげていく。

白い網タイツに包まれたすらりとした足が開いていき、膝上二十センチのミニの下に、太腿の絶対領域とともに白いパンティがわずかに顔をのぞかせる愛美が、鏡に映っている。

店内にはサザンオールスターズの『マンピーのG★SPOT』が流れ、それを聴いていると、こんなことをしていても、それを破廉恥《はれんち》と感じなくなってしまうから不思議だ。

「きみのGスポットを触ってごらん」

と、背後から囁《ささや》いた。

「そんな……」

愛美が首を左右に振る。

「菜々は何でもしてくれたよ。命令されるのも好きで、嬉々《きき》としてこなしていたな。菜々の娘なんだから……きみにもできるよ」

やはり、母への対抗心があるのだろう。愛美はきっと眦《まなじり》を吊《つ》り上げた。片足を座面にあげて、あらわになった白い光沢のある紐パンティのクロッチに右手を遊ばせる。

鏡のなかの自分を見ながら、おずおずとそこを指でなぞり、

「ぁああ……こんなこと……でも、気持ちいい……気持ちいいのよ」

「菜々の血が流れているからね」

「ああ、そうなんだわ。だから、わたしも……吹っ切ればすごく変われる。ああ、自分がどんどん変わっていく……ぁあああ、わたしじゃないみたい……」

愛美は右手の指を舐めて濡らすと、パンティのクロッチを横にずらして、押し込んだ。

「あっ……！」

いっぱいに口を開いて、がくん、がくんと痙攣する。

それから、左手でクロッチをずらしながら、右手の中指を翳りの底に出し入れしては、

「んっ……あん……ぁあああうぅ」

今にも泣きださんばかりの顔でうつむいている。

両手には、中指に引っかかるようにして肘までの赤い手袋をしている。手袋をしているのに、指は剝き出しである。

そのあられもない姿がはっきりと鏡に映っていた。

恭一郎は背後から乳房を揉みしだき、指で乳首を転がしながら、訊く。

「Gスポットは見つかった？」

「はい……」

「そこを擦ると、気持ちいいの？」

「はい……すごく。ジーンとして、熱くなって……どんどんふくらんでくる」

「いいんだよ、もっと良くなって」

「でも……」

「いいんだ。僕はきみに気持ち良くなってほしい。イッてほしい。僕はたとえ挿《そう》入《にゅう》しても、もう射精できないんだ。だから、女性にイッてもらうほうが、悦びが大きいんだ。愛美ちゃん、すごくエッチだよ。美人のサンタさんのオッパイが丸見えだ。こんな格好で、子供にプレゼントをしに行くのかな？　そうら、乳首がカチカチだよ。ミニスカサンタさんが胸を揉まれて、あそこをさらして、自分でGスポットをいじっている。赤と白がきれいだ。網タイツが似合ってるよ」

恭一郎はそう語りかけながら、硬くなっている乳首を弾《はじ》く。すると、それがいいのか、愛美はますます激しく指を抜き差ししては、

「ぁあああ、あああぁ……イキそう……イキます」

目を閉じて、訴えてくる。

さすがに、快楽が勝って、もう自分の姿を見ていられないようだ。右手に左手を添えて、クリトリスのあたりを円を描くようになぞる。膣《ちつ》に押し込んだ指でGスポットを押して、擦りあげるようなことをして、思い切り顔をのけぞらせて、足も開いている。

白い網タイツに包まれた足が卑猥《ひわい》に開閉し、赤いサンタの衣装が留まっている腰がもどかしそうに動いていた。

「ぁああ、もう我慢できません。イキますよ。イッていいですか？」

「いいよ、イキなさい」

「ぁあああ、あああああ、イク、イク、イキます……いやぁあああああぁぁぁぁ！」

愛美は嬌声を噴きあげて、大きくのけぞった。

5

恭一郎は、菜々とつきあっていた頃の自由奔放な自分を取り戻していた。

気を遣《や》った愛美をカウンターにあげ、紐パンティを解いて、抜き取る。

客席に向かう形で足を開かせる。

「ぁああ、カウンターはダメです。こんなことしたら、神様に怒られちゃう」

「大丈夫。この店の神様は僕だから……お客さんがいないのが残念だ。そうら、もっと開いてごらん」

愛美はいやいやをするように首を振りながらも、ミニスカサンタの格好で大開脚する。

乳房はこぼれでて、ミニスカートは用をなさず、鈍角にひろがった白い網タイツの途切れるところに、漆黒《しっこく》の翳《かげ》りとともに鮮紅色の肉割れが顔をのぞかせていた。

愛美は耐えられないとばかりに、そこを手で隠す。肘までの赤い手袋だが、指は隠れていない。

恭一郎はその手を外して、翳りの底に舌を這わせる。

きれいに長方形にととのえられた濃い陰毛をかきわけるようにして、奥を舐めあげると、

「ぁあああ……ぁああ……き、気持ちいい……気持ちいい……ぁあああ、もう、もう、ダメっ……はうぅぅ」

愛美は両手を後ろに突いて、身体のV字を保ち、顔をのけぞらせる。

赤と白のサンタの帽子が、がくん、がくんと揺れている。帽子の下のととのった顔が快楽にゆがみ、たまらなく色っぽい。

恭一郎は狭間を舐めてから、上方のクリトリスを刺激する。

指で包皮を剝いておいて、あらわになった肉真珠に舌をぶつけた。上下にゆっくりと舐め、左右に細かく弾く。かるく吸って、吐き出す。

唾液まみれの肉真珠を指先でくりくりと転がし、左右からつまんだ。ぷっくりとふくあがった肉球を舌でなぞる。

そうしながら、左手の指先で膣口をぬるぬるとあやす。それを繰り返していると、いよいよ愛美の様子が逼迫《ひっぱく》してきた。

「ぁあああ、わたし、もう……」

息も絶え絶えに言う。

「どうしたの？」

恭一郎はわざとらしく訊く。

「あの……あの……そろそろ……」

「そろそろ、どうされたいの？」

「……ああ、ください。マスターが欲しい」

言ってしまって、愛美は大きく顔をそむける。

「わかった。だけど、その前に、愛美サンタさんにしてほしいことがある」

恭一郎もズボンを脱いで、下半身裸になった。片づけて、物がなくなったカウンターにあがる。

「愛美ちゃん、これを口でしてほしい」

そう言って、カウンターに仰臥《ぎようが》する。陰毛の草むらからいきりっているイチモツを見て、愛美がこくっと唾を呑み込んだ。

それから、恭一郎の足の間に腰を入れ、這うようにして顔を寄せてくる。広めのカウンターだからできる体位である。

帽子が垂れ落ちて、邪魔なそれをあげ、そそりたっているイチモツを下から舐めあげてくる。裏すじをツーッ、ツーッと舐めあげて、肉棒を握った。

根元を握って、切っ先を頬張り、その余った部分に唇をかぶせる。そして、余計な包皮をぐっと押しさげ、あらわになった亀頭冠《きとうかん》に唇と舌を押し当てながら、慎重にストロークする。

フェラチオに関しては、想像していたよりはるかに上手い。菜々が達者だったから、その血を受け継いだのか。しかし、フェラの上手い下手が遺伝するとは、とても思えないが——。

愛美はツーッと唾液を落とし、それを尿道口に塗り込めるようになぞる。さらに、唇と舌の両方をつかって、敏感なカリをしごいてくる。

包皮の使い方が達者だった。おそらくそれほど経験人数は多くはないはず。だが、そのなかのひとりが絶品フェラチオを仕込んだのかもしれない。嫉妬《しっと》は感じるが、たとえその経緯《いきさつ》がどうであろうと、フェラチオは上手いに越したことはない。男はフェラ好きの女と別れる気にはならない。

恭一郎はふと思いついて、言った。

「愛美サンタとシックスナインをしたい。こっちにお尻を向けられるかな。羞恥心は捨てていいんだよ」

「……わかりました」

愛美はカウンターから落ちないように気をつけながら、身体の向きを変えて上になり、尻を突き出してくる。

そして、垂れ落ちたサンタの帽子を撥《は》ねあげるようにして、ふたたびイチモツを頬張ってきた。

ゆっくりと唇がすべっていくだけで、無上の悦びが込み上げてくる。

愛撫に酔いしれながら、恭一郎は愛美の腰を突き出させた。

ミニスカサンタの衣装がめくれあがり、仄白《ほのじろ》く、むちむちしたヒップが恭一郎に向かってくる。

白い網タイツは太腿の途中で途切れ、その上は一糸《いっし》まとわぬナマ尻が存在感を主張していた。

二十三歳のヒップはぷりっとして健康美にあふれている。そして、その奥で花開いている花弁は、粘膜が淫《みだ》らに蕩《とろ》けて、粘っこいしずくが垂れ落ちようとしていた。

恭一郎は顔を持ちあげて、女の秘苑《ひえん》にしゃぶりついた。

丁寧に狭間を舐め、陰核を指で転がすと、愛美はくぐもった声を洩らしていたが、やがて、肉棹《にくざお》を吐き出して、

「ぁああ、マスター、もう、もうこれを……」

唾液まみれの肉柱をぎゅっと握った。

「いいよ。きみが上になるところを見たい……できる？」

「はい……でも、落っこっちゃいそうです」

「大丈夫。僕がしっかりと守る。支えるから……カウンターでのセックスは僕も初めてだ。きみと初めてのことをしたい。菜々なら悦んでしたと思う」

愛美は緩慢な動作で向きを変え、向かい合う形でまたがってきた。

M字開脚して、下を向き、いきりたつものをミニスカサンタの奥に導いた。

「ぁああ、ああん」

甘い鼻声とともに腰を揺すって、切っ先をなすりつけ、位置を確かめると、慎重に沈み込んできた。

屹立がとても温かい体内に埋まり込んでいって、

「ぁあああ……」

愛美は大きく顔をのけぞらせる。

恭一郎も唸った。

蕩けた粘膜が異物を、ぎゅっ、ぎゅっと締めつけてくる。くいっ、くいっと奥へと引っ張り込むような動きをするので、ぐっと快感が高まる。

じっとしていると、愛美サンタが腰を振りはじめた。

下が木製のカウンターなので、膝を突くと痛いのだろう。白い網タイツに包まれた足で踏ん張り、足をM字に開いたまま、くいっ、くいっと腰を前後に揺する。

そのたびに、まくれたミニスカートから自分の肉柱が、翳りの奥に出入りするさまがはっきりと見える。

「ぁああ、気持ちいい……一度羞恥心を吹っ切ると、すごく変わるんですね。ああ、自分がどんどん変わっていく……ぁあああ、気持ちいい……へんになる。わたし、おかしくなってる」

喘ぐように言って、後ろに手を突き、そっくり返って、腰を振る。

大きくM字開脚しているので、腰をつかうたびにサンタの衣装の奥に肉棹が出入りしているのが、まともに見える。

「愛美ちゃん、胸を揉んでみて」

「はい……」

愛美はサンタの衣装からこぼれでている乳房をつかんで、揉みしだき、突起を転がす。そうしながら、ますます大きく腰を打ち振って、

「ぁああ、マスター、気持ちいい、おかしくなりそう。わたし、おかしい……ぁあああ、もう我慢できない」

愛美は上体を起こし、さらに、前屈みになった。そして、両手を前に突き、腰を上下に振る。

杭打ち状態で、尻を持ちあげてから叩きつけてくる。その勢いが増すにつれて、屹立が奥まで強く膣を打ち据《す》えて、

「あんっ……あんっ……あんっ……」

愛美は甲高《かんだか》い声を放つ。

店内にはサザンオールスターズの『真夏の果実』が流れている。〈四六時中も好きと言って〉という恭一郎の好きなフレーズが胸を熱くさせる。

愛美が腰をつかうたびに、あらわになった乳房が縦に波打ち、胸のボンボンが揺れ、衣装がたくしあがってしまい、恭一郎の肉茎がズブズブッと翳りの底に埋まっていくのが、まともに目に飛び込んでくる。

「いいよ、こっちに……」

愛美の背中と腰を抱き寄せながら、下からつづけざまに突きあげた。漲《みなぎ》っているものが斜め上方に向かって、狭い肉の道をこじ開けていって、

「ぁああ、すごいです……あんっ、あんっ、あんっ……ぁああ、マスター、わたし、もうダメっ……イクかもしれません。イクかも……」

「いいんだよ、イッて……キスしようか」

愛美が上から唇をかぶせてくる。その唇に合わせ、舌を差し込んでからめる。そうしながら、下から腰を跳ねあげた。

ずりゅっ、ずりゅっと肉棹が体内深く嵌まり込んでいって、愛美の様子が逼迫してきた。

「あんっ、あんっ、あんっ……ぁああ、イキます。イッていいですか？」

「いいんだよ。いいんだ」

恭一郎がたてつづけに突きあげたとき、

「ああ……イキます……あはっ……！」

愛美はがくん、がくんと腰を揺すっていたが、やがて、嵐が通りすぎると、がっくりして身を預けてきた。

第六章　発射は復活への序章

1

正月は一週間、店を閉めた。ほんとうはもっと休みたかったが、あまり長く休業すると、もう店が終わってしまうようで怖かった。

休業明けの初日だった。終業時間を迎えて店を閉めようとしたとき、甥《おい》の壮介のスマホに電話がかかってきた。壮介が何か呟《つぶや》き、阿川恭一郎にスマホを渡しながら、言った。

「沙耶香さんです。出てください」

「えっ……ほんとうか？」

恭一郎はスマホを受け取って、耳に当てる。懐かしい声が聞こえてきた。

「マスターですか？」

「ああ、そうだ。沙耶香ちゃん？」

てきてほしいですか、お店に行ってもいいですか？」

「もちろんだ。沙耶香ちゃん、早く戻ってきなさい。一刻も早く戻ってきてほしい。きみがこの店にいないと、何かが足りない。肝心なものが欠けてしまっているんだ」

「じゃあ、お店に行っていいんですね」

「ああ、そうだよ」

「わかりました。今から行きます。お時間、大丈夫ですか？」

「もちろん。待っているよ」

「行きます」

電話が切れた。

恭一郎は突然すぎて、ポカンとしてしまった。壮介が言った。

「じつは、学校が休みに入る前に、沙耶香さんと逢えて……それで、少し話したんです。彼女、すごく店に出たがっていました。でも、あのいつも一緒にいる波島が沙耶香さんを精神的にコントロールしているみたいで……沙耶香さん、じつは瀬戸内海《せとないかい》にある離島出身で、波島洋治もその同じ島の者なんです。で、地元で沙耶香さん、あれだけの美人だからいろいろとあって、それを波島がかばってくれたようで、恩義を感じているみたいです。だけど、男と女の関係はないようで、何ていうか、頼れる兄貴みたいに思っていたんだけど、波島は沙耶香さんを恋人にしたいらしいんです。そういう関係がいやで、沙耶香さんは島を出て、この美容専門学校に入ったって言ってました。そうしたら、波島も美容師になるって言い出して、沙耶香さんを追ってきたんです。彼女は波島の恋人になるつもりはないんだけど、かといって、恩のある人だから、冷たく突き放すこともできなくて、随分と悩んでいるみたいでした」

初めて聞いた。そんな事情、わかるわけがない。

恭一郎は訊いた。

「僕のことは、何か聞いた？」

「マスターには、好意と恩義を感じているようでしたよ。ただ、マスターはわたしと初恋の彼女とをダブらせているから、それでわたしがお気に入りなんだ、って言ってました……そうなんですか？」

「そうか、そこまで話したか……そうだよ。悪いな、私情を挟んでしまって」

「いいんですよ。そういう事情があって、叔父さんは沙耶香さんを特別に思っていたんですね」

「悪かったな、ちゃんと理由を説明しなくて」

「別に、問題ないですよ。ここは叔父さんの店ですし、俺はかまいません、叔父さんと沙耶香さんが何をしようと」

「……！」

「俺はただ沙耶香さんを傍《そば》で見ていたいだけですから。忘れちゃいましたか、俺は、ついこの前まで、引きこもりだったんです。引きこもりをナメないでくださいよ」

恭一郎には、壮介が何を言いたいのかわからない。引きこもりは、生身の女よりも、一歩離れたところから観察しつつ、幻想の産物としての女性を愛したいということなのだろうか……。

「それに俺、彼女と波島の関係からインスピレーションがわいて、今、沙耶香さんをモデルにした歌を作っているんです。できたら、一度聴いてください」

「そうか……それはぜひ聴きたいな」

話しながら、恭一郎は沙耶香のためにコーヒーを淹《い》れる。

今日は、イチゴのショートケーキがあとひとつ残っているから、セットにしてあげよう――。

沙耶香は、あれほど執拗《しつよう》に店に戻っていいか確かめていたし、今から店に来てくれるのだから、もう気持ちは固まっているのかもしれない。

波島と切れる覚悟をしたとしても、彼はそれを受け入れないだろう。そのときは、俺の出番だ。自分が役不足ならば、店関係の人たちに頼んで、体を張ってでも沙耶香を護るしかない。

そう心に誓ったとき、ドアベルが鳴って、沙耶香が入ってきた。

地味なコートをはおっていた。顔は少し窶《やつ》れたように見える。

「お帰りなさい」

恭一郎が声をかけると、

「ただいま。帰ってまいりました」

沙耶香はまっすぐに恭一郎を見て、深々と頭をさげた。

髪は濃いブラウンから黒に戻している。レイヤーカットからストレートロングに変え、黒髪のさらさら感と光沢が増していた。

「帰ってきてくれて、ありがとう。よかった。電話でも話したけど、きみを大歓迎するよ……いろいろと話を聞きたいけど、その前にケーキセットをご馳走させてくれ。さあ、座って……」

「すみません……」

沙耶香がコートを脱いだ。

コートは地味だったが、その下の身なりは元どおりで、鮮烈で華やかだった。ラベンダー色のハイネックのニットを着ていて、タイトフィットの薄い生地が乳房の形を生々しく浮かびあがらせている。黒に戻した髪は長く伸びて、ニットの胸のふくらみに散っていた。

「きみがいない間に、うちはケーキセットをはじめたんだ。イチゴのショートケーキを用意しておいたから……壮介はコーヒーでいいよな？」

壮介がうなずくのを見て、恭一郎はコーヒーをカップに注《つ》ぎ、三人はテーブル席に座る。

「ウワサには聞いていたんですよ。かわいいパティシエさんがすごいスイーツを作っていらっしゃると……美味しそう。いただきます」

沙耶香は手を合わせてから、ケーキの生クリームとスポンジ部分をすくって、口に入れ、

「美味しい……！　生クリームが絶妙で、スポンジもパサパサしてない」

イチゴを食べて、

「素晴らしいです。ええと……長谷川さんでしたっけ？」

「ああ、長谷川由希と言ってね。まだ二十八歳で、今うちを手伝ってもらっている吉岡美樹さんの知り合いで、彼女に紹介されたんだ」

「スタッフ、充実してきましたね。わたしなんか必要ないみたい」

「必要だよ」

「そうかな？」

「必要です。それに、きみがいないと店をやっている意味がない」

言ってしまって、自分でも驚く。しかし、真実の声でもあった。

沙耶香は、とても大切なことを言われたのだと気づいたようで、一瞬、息を呑んだ。それから、その意味が心に浸透していったのか、はにかむような笑みをこぼした。

壮介は聞いていない振りをして、コーヒーを啜《すす》っている。

沙耶香は恭一郎の言葉を噛《か》みしめるようにして、ケーキを食べる。その所作《しょさ》を眺めているだけで幸せを感じる。

沙耶香がほぼケーキを食べ終えたところで、恭一郎はいちばん気になっていたことを尋ねた。

「……ところで、波島くんはどうした？　沙耶香が彼に精神的にコントロールされているんじゃないかって、壮介が心配していたからね」

するど、意外な言葉が返ってきた。

「彼は島に帰りました」

「えっ……帰った？」

「はい……彼はもともと、島で漁師をしていたんです。父親が漁師だったので、船も持っていますから。でも、波島さん、お父さんの跡を継いで、漁師をつづけるのがいやだったみたいで……それもあって、わたしを追ってきたんです。でも、美容師としては全然センスがなくて……不器用だし。彼には海が似合うんです。体の芯まで海の香りが沁みついていて……ずっと島に戻るように勧めてきました。でも、言うことを聞いてくれなくて……」

言葉を絞り出すように言って、沙耶香はコーヒーを啜った。

「……彼は、わたしをお嫁さんにするって、いつも『瀬戸の花嫁』を歌っていました。わたしがこの喫茶店で働くことをよく思っていなくて……とくに、あの制服はダメだと。俺がバイトでお前の生活費を稼ぐからって……悪い人じゃないんです。でも、言い出したら、聞かなくて。わたしは島で暮らしているときに、波島さんに絶体絶命のピンチを救ってもらったんです……家族を含めたトラブルでした。そのときはすごく感謝しました。波島さんがいなければ、わたしは生きていられなかったかもしれません。わたしは兄のように頼りになる存在だと感じていました。だけど、彼はそうは思っていなかったようで……」

「恋人にしたかったんだ?」

横から壮介が口を挟む。

「はい……わたしは何度も、波島さんをそういった対象とは見ていないと言ったんですが、わかってくれなくて……」

「何か、されたんじゃないの?」

壮介が突っかかる。そこを訊きたい気持ちはわかる。

「いえ、波島さんは力ずくでどうにかしようって人ではないんです。島じゃあ、いちばん強かったから、その気になったら、わたしなんか簡単に……でも、そういう人ではないんです。だから、余計にどうしていいのかわからなくて……」

「では、やっぱり波島に店を辞めろと言われたんだ」

「はい……悪気はないんですよ。バイトなんかしてないで、美容師になるために腕を磨けって。そのためなら、何でもしてやるって……」

沙耶香の言葉が恭一郎の胸に響いた。

聞いた限りでは、沙耶香思いのとてもいい男だ。しかし、少し入れ込みすぎだ。それだけされると、かえって女性は、重荷になってしまう。

自分も沙耶香のためにできることが、もっとあるはずだ。沙耶香のためになりたいと強く思った。

「わたしもお店に戻りたかったんです。ここで働きながら、美容専門学校で学ぶのが、いちばんわたしに合っていたんです。でも……波島さんが許してくれなくて。逃げられなかった。怖かったんです、すごく」

沙耶香がぎゅっと両拳《りょうけん》を握った。

「でも……アクシデントが起きたんです。波島さんのお父さんが年末に最後の漁に出たとき、ワイヤーに指を巻き込まれてしまって……しばらく漁に出られなくなったんです。復帰できるかどうかもわからないらしくて……それで、お母さんにうちを救ってくれ、と泣きつかれて……男の子は波島さんしかいないんです。それでも、悩んでいましたが、お父さんの今の写真をメールで送られて、もうこれはダメだと、覚悟したみたいです。美容専門学校も退学手続きを取ったので、もう戻ってはこないと思います。だから、わたしはこのお店に帰ってきました。ここはわたしの家みたいなものなんです」

沙耶香がおずおずと目を合わせてきた。

ここが自分の家みたいなものだという言葉に、ジーンときた。

「事情はよくわかったよ。波島さんのお父さんは不運だったけど、でも、波島さんは島に戻ってよかったと思うよ、いろいろな意味でね。だけど、これからはそういう問題に直面したときは、ひとりで悩んでいないで、遠慮せずに相談してほしい。きみが言ったように、ここを家だと思ってほしい。そして、何でも言ってほしいんだ。いいね？」

「いいんですか？」

「いいんだよ。僕も壮介も、店の関係者もみんな、きみのために何かしたいという気持ちなんだ。そうだよな、壮介？」

「はい……俺も沙耶香さんのためなら、何だってしますよ。今回だって、いざとなったら、波島さんにこれで、思い知らせていましたよ」

と、壮介が握り拳《こぶし》をつくって、ボクシングの構えをした。

「おっ、さまになってるな。経験あるのか？」

「いや、ないです。ただ、好きなんで、部屋でシャドーボクシングしてますけどね……こんな感じで」

壮介は立ちあがって、店内で「シュ、シュ、シュッ」と口で言いながら、速いコンビネーションを繰り出した。

「イケそうじゃないか。じゃあ、もし今度、波島さんが戻ってきたら、そのときは壮介に頼むからな」

「えっ……あ、ああ……もちろん、任せておいてくださいよ。それまで、鍛えておきます。ボクシングジムにでも入ろうかな」

壮介はシャドーボクシングを終え、ボックスシートに腰をおろして言った。

「沙耶香さんが働いてくれないと、正直、もうギリギリだったんで……俺、毎日同じことをするの、向いていないんですよ……沙耶香さんに頼まれた仕事だからって、頑張ってきたけど……ほんと言うと、週三日がギリなんです」

「そうか……そうだろうな。余った時間で、音楽したいんだろ?」

恭一郎には、壮介が沙耶香のシフトを入れるために、わざとそう言っているのがわかる。しかし、半分は事実だろう。

「ええ、まず曲作りしたいんです。沙耶香さんをイメージした曲、考えてます。

完成したら、沙耶香さん、聴いてやってください」

「ふふっ、いいですよ。どんな曲ができあがってくるか、すごく愉しみ……」

沙耶香が壮介をまっすぐに見て、心から愉しみにしているという顔をした。

その言葉で、壮介は満足したのか、

「じゃあ、俺、そろそろ帰ります」

腰を浮かした。

「さっきも言ったように、俺は週三日くらいがちょうどいいんで、シフト組むとき、沙耶香さんの希望をいちばんに聞いてあげてください。じゃあ……」

壮介はかるく手を挙げて、革ジャンをはおり、マフラーを巻いて店を出ていった。

2

「壮介はほんと、いいやつだな」

「ええ……学校まで来て、わたしの話を聞いてくれました。だから、マスターとのことも少し話しちゃいました」

「ああ、いいんだ、それは……」

「いいって？」

「壮介は沙耶香に興味があって、ここで働きはじめた。きみがいなかったら、まだ引きこもりをつづけていたんじゃないかな」

「そうでしょうか。わたしは、壮介くんはマスターとすごく馬が合うんだと思います。叔父と甥ですもの」

「どうなんだろうね。ああ見えて、物事をちゃんとわかっているっていうか、壮介は僕ときみとの関係に気づいていて、認めてくれているんだよ。壮介は、きみを傍で見ているほうがいいらしい。僕には理解できないけど……」

言うと、沙耶香はちょっと安心したような顔をした。

だが、沙耶香は店には戻ってきたものの、恭一郎とのつきあいをつづけてくれるのかどうかは、まだわからない。そのへんを確かめたいが、勇気が出ない。それに、つきあいをつづけるにしても、この店以外では沙耶香を抱いても思うようにいかないのだから、どうしたらいいのだろう。

一瞬の沈黙を沙耶香が破った。

「あの……わたしの我が儘《まま》につきあわせてしまって、ほんとうにすみません。心から謝ります。ゴメンなさい……」

沙耶香が深々と頭をさげた。

「いや、話を聞いたら、きみのせいじゃないしね。じつは、僕は他の原因も考えていたんだ」

「他の原因って？」

沙耶香が首を傾げた。髪の色が漆黒《しっこく》のストレートロングになったので、いっそう神秘性が増していて、見入ってしまう。

必死に理性を働かせて、言った。

「その……僕が、この店を離れると、ア、アレが上手くいかないっていうか……二度もダメだったしね。それで、もう僕を嫌いになったんじゃないのかって、そういう思いもあったから、きみを追うことにためらってしまった。やっぱり、いやだと思うんだよね。そういうのって……」

恭一郎が顔をあげると、沙耶香が首を左右に振った。

「違います。女はそれが原因で別れることはありませんよ。多少は悩みましたが……でも、それが直接の原因じゃないです」

そう言って、沙耶香が顔を寄せてきた。

とても自然な感じで唇が触れて、重なってくる。

沙耶香はシートに座っている恭一郎の膝《ひざ》に横向きに座るようにして、身体をひねりながら、キスをしてきた。

徐々に激しく、情熱的に唇を重ねながら、恭一郎にぎゅうとしがみついてくる。

(ああ、俺はこの子に惚れてしまったんだな)

恭一郎は自分がどこまでも舞い上がっていくのを感じる。翻弄《ほんろう》されているのかとも思う。だが、波島との問題が解消してすぐに飛んできてくれたのも、沙耶香が、ここを家のように感じてくれているからだ。

キスが徐々に激しくなり、舌がからみあうと、股間のものがむくむくと頭を擡《もた》げてきた。

太腿《ふともも》に尻を乗せている沙耶香には、それがわかるようで、キスをしたまま、腰を微妙に揺する。

すると、くねくねするヒップの弾力を感じて、分身がますます力を漲《みなぎ》らせる。

沙耶香がキスをやめて、言った。

「大きくなっています。不思議ね、今はあの曲がかかっていないのに」

「『心の旅』だね。確かにそうだ。もしかしたら、僕のなかで何かが変わったのかもしれない」

以前はあの曲を聴くと、葉山万智との燃えるような情事を条件反射的に思い出して、心身ともに当時の自分に戻り、勃起《ぼっき》した。

だが、今は『心の旅』もかかっていないし、万智を思い出して高まっているわけでもない。

「きみを見ても、もう万智のことは思い出さない。あの曲を聴かなくてもこんなになる。僕は今、沙耶香だけを見ている。そして、こんなに昂奮している」

「うれしい……」

沙耶香が尻をずらして、ズボンを持ちあげている箇所を触ってきた。

「くっ……！」

指が触れたところから電流のようなものが迸《ほとばし》って、恭一郎は呻《うめ》く。

「すごい。どんどん硬くなる。わたしにこうしてほしかったの？」

「ああ、ずっとね」

「わたしと波島さんに嫉妬《しっと》しなかった？」

「したよ。だけど、きみを信じていたから。二人は、そういう関係じゃないって信じていた」

「ふふっ、そうよ。実際そうなんだから」

沙耶香がズボン越しに恭一郎のイチモツを撫《な》でさすってくる。

「ちょっと、待って」

恭一郎は席を立って、窓のカーテンを閉めた。それから、玄関ドアにクローズの札を出して、鍵をかける。

「こういう日のために、僕の事務所を改造した。さあ、行こう」

沙耶香がうなずいて、立ちあがった。

そして、恭一郎の後をついてくる。

店長室に置いてあるソファベッドを倒して、平らにすると、沙耶香がなるほどという顔をした。

「ここなら、できそうな気がしてね。さあ、座って」

「はい……」

沙耶香がソファベッドに腰をおろした。膝丈のスカートからは肌色のストッキングに包まれたすらりとした足が突き出ている。

恭一郎はその美脚に頰《ほお》ずりしたくなった。ちょっと迷って、実行した。

前にしゃがんで、沙耶香の太腿に顔を乗せて、擦《こす》りつける。

「あんっ……」

「いやじゃないけど……」

「だったら、やりたいようにやらせてほしい」

そうしないと、沙耶香とひとつになる自信がなかった。

今夜は、音楽の助けも、『音楽喫茶フジ』の完全なレトロ風店内というタイムスリップ装置もない。

店長室は微妙だ。あるのは、沙耶香に対する恋心だけ。果たして、それが自分の愚息をかりたててくれるのか——。

結局、自分が万智の存在なしで、沙耶香を愛せるかどうかにかかっているのだ。純粋に愛することができたら、曲もタイムスリップ装置も必要ない。そのことは、おそらく沙耶香もわかっているはずだ。

恭一郎は沙耶香の足からローファーを脱がし、肌色のパンティストッキングに包まれた足を膝の上に置いた。少し持ちあげて、向こう脛《ずね》やふくら脛《はぎ》にキスをし、舐《な》める。

さらに、上へ上へと舌を走らせていくと、

「ぁあ……それ以上は、ダメっ……」

沙耶香が内股になる。

恭一郎がすらりとした足を持ちあげると、沙耶香は背中をソファベッドにつけて、左右の足を開く。スカートがめくれあがり、肌色のパンティストッキングからラベンダー色のパンティが透《す》けだしている。

恭一郎はクンニはせずに、上体をあげて、覆《おお》いかぶさっていく。

フィットタイプのニット越しに、胸のふくらみをつかむと、指に柔らかく沈み込むような弾力が伝わってきて、

「あんっ……」

沙耶香が愛らしく喘《あえ》ぎ、口を手のひらで押さえた。

「五十歳近くも離れている僕が言えることじゃないけど……でも、言わせてくれ。僕は沙耶香が好きだ。心から愛している。それだけは、わかってほしい」

「……はい。わたしもマスターが好きです」

「いつまで健康でいられるかはわからない。今だって言うことを聞かないのに、もっとあそこが勃《た》たなくなるだろう。それでも、沙耶香を愛したい。残りの人生を沙耶香とともに過ごしたい。そうでないと、生きている意味がない。僕とつき

あってくれ……」

思い切って告白した。すぐに、沙耶香の答えが返ってきた。

「……はい。わたしでよければ」

沙耶香は大きな目でじっと下から見あげてくる。

「ありがとう……ほんとうに沙耶香に出逢えてよかった」

そう言って、恭一郎はふたたびキスをする。

すると、沙耶香は感情をあらわにして、唇を押しつけ、舌を受け止める。恭一郎も舌をからめながら、右手をおろしていき、スカートの奥をとらえる。

パンティストッキング越しに股間をなぞると、そこが柔らかく沈み込んでいき、さすりつづけるうちに、徐々に湿っぽくなり、ついには、

「んんっ……んんんっ……ぁあああ、もうダメっ……」

沙耶香が足を閉じようとする。

内股になったそこの奥をなおもさすりつづけると、

「ぁあぁ、ぁあああぁぁ」

沙耶香は顎《あご》を持ちあげた。閉じていた足がひろがる。鈍角に開いたパンティストッキングから透けだしているラベンダー色のクロッチをなぞるうちに、恥丘が

ぐぐっ、ぐぐっとせりあがってきた。

「したくなったね？」

「……はい」

「いいんだよ、それで……ここを触って」

右手をズボンの股間に導くと、沙耶香はその勃起《ぼっき》をつかんで、おずおずとさする。擦《こす》り方が徐々に情熱的になり、ついには、恭一郎のベルトをゆるめ、ブリーフのなかに右手をすべり込ませた。

じかに勃起を握って、ゆっくりとしごき、

「ぁああ、硬い。カチカチ……」

うれしそうに言う。

恭一郎はラベンダー色のニットをまくりあげて、現れた同じ色のブラジャーを持ちあげた。すると、カップがずりあがって、ナマの乳房がこぼれでてきた。

青い血管を浮かびあがらせた色白の乳肌が豊かに張りつめ、頂上にはコーラルピンクの乳首がツンと生意気そうに頭を擡げている。

（ああ、この胸が大好きだ……！）

恭一郎は感激を新たにして、そっと顔を寄せた。

たわわなふくらみが揉《も》むごとに形を変える。すべすべの肌を揉みしだきながら、頂上にちろちろと舌を走らせる。

どんどん硬くしこってくる乳首を上下左右に舐め、しゃぶり、吸うと、

「んんっ……ぁあああ……気持ちいいの。すごく、いいんです……ぁああ、恥《は》ずかしい。感じすぎて、恥ずかしい」

沙耶香はそう言いながらも、右手はしっかりと勃起を握ったままだ。

恭一郎には、沙耶香は乳首が弱いことはわかっている。丹念《たんねん》に乳首を舐め、転がし、吸い、吐き出して、指でつまんで転がす。そうしながら、右手でパンティストッキング越しに柔肉《やわにく》をなぞっていると、

「ぁあああ、もう、もう……」

沙耶香がぐいぐい下腹部をせりあげる。

「どうして欲しいの？」

「ぁああ、わからない、けど……もっとして……わたしをメチャクチャにしてください。恭一郎さんの女にして、沙耶香を支配してください」

沙耶香の強烈な言葉が、恭一郎の胸を打つ。

「いいぞ。沙耶香は僕の女だ。僕が沙耶香を支配する……いいね？」

「はい……！」

沙耶香が瞳をうるうるさせて、見あげてくる。

恭一郎は下半身の前にしゃがみ、パンティストッキングを脱がした。下腹部にまとわりついているパンティの花芯にあたる箇所には、涙形のシミが浮き出ていて、そこを指で触ると、滲《にじ》んでいる蜜で指がすべる。

少し指を立てて中心あたりを擦ると、ネチッ、ネチャと淫《みだ》らな音がして、

「ぁああ、ダメっ……あうぅぅ」

沙耶香がもう我慢できないとでもいうように、下腹部を擦りつけてきた。

3

その頃には、恭一郎のイチモツは力を漲らせて、そそりたっていた。

（大丈夫だ。これなら、イケる。俺は『心の旅』の曲を聴かなくても、沙耶香を抱ける！）

恭一郎は急いでズボンとブリーフを脱いだ。

その間に、沙耶香はスカートをおろし、パンティを脱ぐ。ブラジャーも器用に外したので、ラベンダー色のニットだけが上半身に張りつき、形のいい乳房の頂

上にポッチリしたものがせりだしている。

恭一郎がベッドに立つと、沙耶香が前にしゃがんだ。

裸にニットだけをつけた格好で、恭一郎のイチモツを握って、ゆるゆるとしごいた。いきりたつ肉棹《にくざお》と恭一郎の顔を交互に見る。

そのとき、奇跡的に先走りの粘液が滲《にじ》んでいることに気づいた。

(この歳でも、先走りが出るんだ！)

驚いている間にも、沙耶香が包皮ごとしごいてくれるので、ネチッ、ネチッと淫靡《いんび》な音がする。

それから沙耶香は尻をあげて、顔を寄せてきた。

根元を強弱つけて握りながら、角度を調節して、斜めになった本体の先についばむようなキスを繰り返す。

亀頭部《きとうぶ》は自分でも驚くほどに、見事な茜色《あかねいろ》にてり輝いていた。

雁首《かりくび》を、沙耶香が舐めてきた。尿道口にちろちろと舌を走らせながら、黒髪をかきあげて、上目《うわめ》づかいに恭一郎を見る。その瞳と赤い舌が蛇のように揺れて、途轍《とてつ》もなくセクシーだった。

「真裏のすじが出発するところを舐めてほしい」

恭一郎は、敢えて注文した。こうなったら、自分もすべてを隠すことなく沙耶香に告げたいし、してほしい。

うなずいて、包皮小帯を確かめた沙耶香は、そこに正確に舌を当てて、ゆっくりとなぞりあげ、これでいいの、という顔で見あげてきた。

「いいんだよ。それで……そこはすごく感じるんだ。そうだよ、上手だ。ああ、たまらない」

言うと、沙耶香ももっと恭一郎を気持ち良くさせたいと思ったのだろう。包皮小帯を小刻《こきざ》みに舐めたり、吸ったりを繰り返す。

フィットタイプのニットが張りつく上半身は、ラベンダーの花が咲いているようだ。形よく持ちあがった胸のふくらみの頂上に、ポツンと二つの突起が浮き出ている。

下半身は何もつけていないので、ほっそりしたウエストから剝《む》き出しのヒップが急激に張り出していて、これ以上セクシーな格好はない。

沙耶香が包皮小帯を舌でさすりながら、見あげてきた。

大きくて切れ長の神秘的な目が、今はどこかとろんとして、その焦点を合わせられないような様子がたまらなかった。

沙耶香は目を伏せて、今度は裏側を舐めさげていった。付け根までおろしていき、そこからツーッ、ツーッと何度かに分けて、裏すじを舐めあげてくる。

すると、本体がビクッと頭を振った。

(うんっ、今夜は絶対にイケる。大丈夫だ！)

恭一郎は確信を持った。

沙耶香は舐めあげて、そのまま上から本体に唇をかぶせてきた。

ゆったりと顔を振りはじめる。厚めの唇をぴったりと密着させて、静かに上下動させる。顔振りが止まり、舌がねっとりと裏のほうにからみついてきた。

咥《くわ》えながら、ぬるぬると舌で裏側を擦っている感じだ。

「ああ、いいよ。それ、すごく気持ちいい……」

褒《ほ》めた。すると、沙耶香は上目づかいに見て、唇を肉柱にからめるようにして、徐々にストロークのピッチをあげ、幅も大きくしていく。

「上手だよ。ああ、すごく気持ちいい……」

本心だった。すると、沙耶香は手を外して、口だけで頬張《ほおば》ってきた。

両手を恭一郎の腰に当てて、つらそうに眉根《まゆね》を寄せながらも、徐々に根元が見えなくなるまで深く呑み込むと、

「ぐふっ、ぐふっ……」

と、苦しそうに噎《む》せる。

しかし、怯《ひる》まなかった。もっとできるとばかりに、さらに奥まで肉柱を頬張ってきた。

「ぐふっ、ぐふっ、ぐふっ……」

ふたたび噎せながらも、恭一郎の腰をつかんで引き寄せ、喉奥まで咥え込んでいる。

(すごい根性だ。沙耶香が頑張り屋とはわかっていたが、ここまでしてくれるとは……!)

沙耶香はまだ二十歳である。

「ありがとう。いいよ、そのままで……苦しかったら、教えてよ」

そう言って、恭一郎は静かに腰を振る。すると、猛々《たけだけ》しくそそりたつ肉茎がずりゅっ、ずりゅっと、沙耶香の口腔《こうこう》を犯していく。

イラマチオされたのは初めてなのだろう。沙耶香はつらそうに眉を八の字に折っている。唾液がぐちゅぐちゅとすくいだされ、されるがままに身をゆだねている表情がたまらない。

「もう少しだけ、奥まで入れていい？」

訊くと、沙耶香は不安げにうなずいた。

恭一郎は腰を突き出して、静かに屹立を押し込んでいく。

必死に我慢していた沙耶香がえずいて、後ろに飛び跳ねた。涙目になって、肩を震わせている。

じつは、沙耶香のこういう表情が見たかった。

「ゴメン……つらかったね」

頭を撫でた。

「このくらいなら、大丈夫です。わたし、もっとできます」

沙耶香は挑みかかるような目をして、自分から肉茎を頬張り、ゆっくりと唇をすべらせた。それから、根元を握って、大きくしごく。

いったん吐き出して、茎胴を擦りながら、先っぽを舐めてくる。

それから、頬張って、

「んっ、んっ、んっ……」

くぐもった声とともに、茎胴を激しくしごきながら、手で覆いきれない部分に、唇を素早く往復させる。

「おおぅ、いいよ。すごく上手だ。ああ、出そうだよ」

恭一郎は快感に天を仰ぐ。ジーンとした痺《しび》れるような快美が一点から急速にひろがってきた。

(うんっ……出るのか?)

いや、そんなはずがない。恭一郎はこれまでの長い人生で、フェラチオされて女性の口のなかに放出したことがなかった。原因はわからない。ゴックンしてもらうことにためらう気持ちがあるのか、それとも、もともと男根の感度が悪いだけなのか、あるいは、技術的な問題なのか——。

自分の指でしごいて、発射するときに飲んでもらえるのか……一度だけでもいい。フェラチオで放出できたら、この歳にして初めての体験になるのだ。

「うおお……気持ちいいよ。おおぅぅ!」

恭一郎はオーバーに吼《ほ》えながら、下を見た。

沙耶香にも、もしかして口内射精してくれるのかという期待感があるのだろう。右手で包皮を使って激しく摩擦しながら、同じリズムで唇をからめ、顔を打ち振っている。

「んっ、んっ、んっ……!」

くぐもった声を洩らし、一生懸命にしごき、ストロークしてくれる。

左手がいつの間にか睾丸《こうがん》の下にすべり込み、やわやわとあやしている。

そして、タイトフィットのニットが乳房の頂上の突起を浮かびあがらせ、ウエストからは生々しい尻がバーンと突き出していた。

その尻が時々、もどかしそうに揺れる。ラベンダー色と尻の白さの対比が、じつにエロチックだ。

(もう少しだ。もう少しで……)

沙耶香は、もうこれ以上は無理というスピードと激しさで、勃起を握りしごきながら、口でもストロークしてくれている。

だが、もう少しだというのに、もどかしいほど最後の一線を越えられない。

そのうちに、沙耶香も疲れてきたのだろう、徐々にピッチが遅くなった。

恭一郎は口内射精を諦めて、言った。

「ありがとう。ほんとうにもう少しだった。ゴメン、これまでフェラされて出したことがないんだ。それより、きみとつながりたくなった。いい?」

「はい……わたしも欲しいです」

沙耶香が息を切らして、見あげてくる。

　恭一郎は沙耶香をソファベッドに仰向《あおむ》けに寝かせて、膝をすくいあげた。

　沙耶香の股間は、ぷっくりとした肉びらが左右に開いて、サーモンピンクの粘膜が顔をのぞかせていた。おびただしい蜜があふれて、全体がぬらぬらと光っている。

　恭一郎は切っ先で潤《うる》んだ箇所をさぐりあてて、じっくりと沈めていく。

　イチモツが窮屈な肉の道を押し広げていく確かな感触があり、

「あっ、うぁああ……！」

と、沙耶香が喘ぎながらのけぞった。

　奥まで届かせておいて、恭一郎は足を放し、女体に覆いかぶさっていく。下腹部をぴったりと密着させて、腕立て伏せの格好で組み伏せると、

「ずっと、こうされたかった……」

　沙耶香が潤んだ瞳で見あげて言った。

「僕もだよ。この前は上手くできなかったから、それで自分に自信が持てなくて……でも、今は違う。『心の旅』を聴かなくても、僕はできる……沙耶香がいなくなって、かえってきみへの愛情が深くなった気がする。人は、あるべきものがなくなって、初めてその必要性に気づくんだな」

「わたしもそうです。わたしも、マスターと逢えなくて、かえって恋しくなりました」

「沙耶香、好きだよ。五十歳近くも違うけど、いいよね？」

「はい……」

恭一郎は唇を重ねていく。

ふたたび、沙耶香と一体化できて、心からの悦《よろこ》びを感じていた。

唇を押しつけて、舌を差し込むと、沙耶香はおずおずと舌をからめてくる。

恭一郎もねちねちと舌を押し込み、まとわりつかせながら、じっくりと腰をつかう。

抜き差しすると、まったりした粘膜がひたひたとからみついてきて、動きを阻《そ》止《し》しようとする。カリの内側へと入り込むような肉襞《にくひだ》の粘着力が、ひと擦りするたびに、快感を生む。

恭一郎は強くピストンせずに、ゆっくりと腰をつかいながら、一体化している悦びを満喫する。

キスをやめて、両肘を突いた姿勢で、じっくりと腰をつかった。

奥へとえぐり込んでおいて、円を描くようにしゃくりあげる。こうすると、ク

リトリスにも刺激が伝わるはずだ。肉芽《にくが》を恥丘で押し潰さんばかりに擦りあげると、

「ぁああ、あああ……気持ちいい……気持ちいいんです」

沙耶香はうっとりとした様子で、顔をのけぞらせる。

恭一郎は乳房をじかに見たくなって、ニットをまくりあげた。素晴らしい形の乳房がこぼれでてくる。

直線的な上の斜面を下側の充実したふくらみが押し上げている。

見事なふくらみが白々とした光沢を放ち、鮮やかなピンクの乳首が頭を擡げている。

(美しい……そして、神々《こうごう》しい)

恭一郎が慈《いつく》しむように乳房をつかみ、先端にそっとキスをすると、

「あっ……!」

沙耶香はびくんとして、顎を突きあげる。

「感じるんだね?」

「はい……感じます。恭一郎さんとすると、すごく感じる」

沙耶香がかわいいことを言う。マスターから「恭一郎さん」に変わっている。

もっと気持ち良くさせようと、恭一郎は乳首を丁寧に舐めしゃぶった。それから、乳房をつかみ、揉みしだきながら、イチモツを打ち込んでいく。

「あん、あんっ、あんっ……」

と、沙耶香が甲高《かんだか》く喘ぐ。

自分から両足をM字開脚して、屹立を子宮へ届かせながら、聞いているほうがおかしくなるような美声を放つ。

思いついて、恭一郎は言った。

「ゴメン。自分でここをいじってほしい」

沙耶香の右手を乳首に導いた。すると、沙耶香も素直にしたがって、自分から乳首をいじりはじめた。

濃く色づいた突起をつまんで、ゆっくりと転がし、トップを指先でトントンと叩く。そうしながら、もう片方の手を乳房に食い込ませ、強弱をつけて、揉みしだく。

「ああ、見ないでください……恥ずかしいわ……ぁああ、そこっ……あんっ、あんっ、あんっ……」

恭一郎が腰を打ち据《す》えると、沙耶香は顔をのけぞらせてつづけざまに喘ぐ。

いい声で喘ぎながら、自分でも左右の乳首を捏《こ》ねまわし、ぎゅっと強くつまんでは、顎をせりあげて、仄白《ほのじろ》い喉元をさらす。

「気持ちいいかい？」

「はい……はい……ぁあああ、わたし、おかしくなってる。恭一郎さんとすると、こうなるの……イキそう。イクよ」

沙耶香は切羽詰《せつぱつ》まった声を放ち、がくん、がくんと震えはじめた。

「イッていいんだよ。僕がいる。身をゆだねると、気持ちいいよ。ゆだねていいんだよ」

そう言っておいて、恭一郎は上体を立てる。

両膝をすくいあげて、開きながら上から押さえつける。すると、M字開脚した両足が持ちあげられ、漆黒の翳《かげ》りの底に恭一郎の隆々《りゅうりゅう》としたイチモツがおさまっているのが見える。

押さえつけておいて、ゆっくりとえぐった。

上から打ちおろしながら、途中からすくいあげる。すると、切っ先がGスポットから奥のポルチオを擦っていく。それが気持ちいいようで、

「ぁあああ、これ、すごい……すごい、すごい、すごい……ぁあああ、へんよ。へ

んなの……わたし、おかしい……だって、イキそうなんだもん。イクよ、イキそう……」

沙耶香が、我を忘れて口走る。

「いいんだよ。そうら、身を預けていいよ。楽になるよ。人にゆだねれば、気持ちいいんだよ」

暗示をかけるようにして、徐々に抜き差しを速めていく。

そうだった。昔はこの体位で深いところに打ち込むと、恭一郎も快感がふくらんできて、放っていた——。

沙耶香を見て、けしかけた。

「ああ、出るかもしれない。沙耶香、もっと淫らな姿を見せてくれ。貪欲《どんよく》になっていいんだ。どうしたら、イケるんだ。思ったとおりにしてほしい。そうしたら、きっと……」

「はい……」

沙耶香は右手をおろしていって、繊毛《せんもう》に隠れた陰核をまさぐった。肉芽をくりくりと指で転がしながら、左手でつかんだ乳房を揉みしだく。

それから、みずから全身を上下に揺すり、腰をくねらせては、

「ぁああ、来て……恭一郎さん、来て……あなたの精子が欲しい。白い精液が欲しい。わたしのなかにちょうだい。白いのを出して……欲しい。欲しい……ぁあああああ、今よ。締めるから、突いて！」

恭一郎は沙耶香の期待に応えようと、思い切り、腰を叩きつけた。

だが、足らない。まだ足らない。

そうだ、葉山万智とするときはこうしていた。

恭一郎は沙耶香の両足を肩にかけて、ぐいと前傾する。

すると、肢体がくの字に曲がって、恭一郎の顔のほぼ真下に、沙耶香の顔が見えた。

射精したかった。今は猛烈に──。

「ああ、出そうだ。沙耶香、もっと淫らな声を、エッチなことを言ってくれ」

「はい……ぁああ、恭一郎のブッといオチンポが襲ってくるの。太くて、長くて、カチカチで苦しい。だけど、気持ちいいのよ、どうして……？　ぁああ、お臍《へそ》まで届いてる。カチカチが子宮を突いてくる……ぁああ、すごい。恭一郎のオチンポが気持ちいい……わたしをメチャクチャにして。あなたの奴隷よ。好きにして……ぁあああ、来そうよ。わたし、イク……ダメっ……もう我慢できない。我慢したくても我慢できない。ずっとそうだったのよ。アパートで恭一郎のオチンポ思い出しながら、自分で慰めていたの。マンズリしていたのよ。だから、お願い……ちょうだい。沙耶香にブッかけて。精液が欲しい……今よ、今……ちょうだい」

「おおぅ、沙耶香……イクぞ。出すぞ……沙耶香のオマ×コにぶちこんでやる。おおうぅぅ、ぁあああ……出るぅ」

恭一郎は最後の力を振り絞って、叩きつけた。上から打ちおろし、途中からしゃくりあげる。窮屈な途中だけではなく、奥のほうがぎゅうと吸いついてきて、一気に追いつめられる。

(ああ、出る……ほんとうに出る……)

息を詰めて、叩き込んだとき、

「イク、イク、イッちゃう……いやぁあああああ……！」

沙耶香が嬌声《きようせい》を張りあげて、がくん、がくんと躍りあがった。膣《ちつ》も強烈に締まって、そこに怒張《どちよう》しきったものを打ち込んだとき、

「ぁあああおうぅ……！」

恭一郎は吼えながら、放っていた。

精子が狭い道を強引に押し広げて、迸っていくこの歓喜……。もう長い間、味わっていなかった射精の悦びが、体内を駆け抜けていく。いったん止んだと思った爆発がまた起こる。まさに目眩《めくるめ》く瞬間だった。

忘我状態で、気が遠くなる。

あらためてこれが、なくてはならない瞬間であることがわかる。

（ああ、こんなにいいものだったか……）

恭一郎は放ちながら、武者震いしていた。

そして、恭一郎の下で沙耶香は、がくんがくんと揺れている。

4

三カ月後——。七十歳の誕生日を迎えた恭一郎は、自宅の特別仕様の部屋で、大きな椅子に座っていた。

あれから沙耶香は順調に復帰し、今は週四日間、『音楽喫茶フジ』で終日働いている。甥の壮介は三日、吉岡美樹も三日の出勤だ。沙耶香が戻ってきて、ほとんどの常連客は大喜びだ。

目の前には、大きな鏡があり、恭一郎の隣には沙耶香が立って、恭一郎の髪をカットしている。

沙耶香がヘアカットの練習ができるようにと、空いている部屋を少しばかり改造したのだ。そして、今日は、恭一郎の古希《こき》を祝って、沙耶香がプレゼント代わりのヘアカットをしてくれているのだ。

沙耶香は白いチュニックの制服を着て、美容師用のパンツを穿《は》き、恭一郎の白髪を手際よくカットする。

黒髪は後ろで丸く結《ゆ》いあげて、仕事用のきりっとした顔をしている。

「思っていたより、上手だ。驚いたよ」

恭一郎は鏡に映っている沙耶香に向かって、言う。

「そんなことないです。わたしなんか全然ダメで。他の人と較べたら、まだまだです。みなさん、とってもお上手なんですよ。やっぱり、手先の器用な人が多いんですね」

沙耶香は鏡のなかの恭一郎を見て、櫛《くし》と指を使って髪を挟み、そこにリズムよくハサミを入れていく。

素人の恭一郎にも、沙耶香は器用で、動きがとてもスムーズであることがわかる。

「大丈夫だよ。これなら、近いうちに立派な美容師になれる」

「そうだといいんですけど……でも、こうやってカットモデルになっていただいて、ほんとうに感謝しています。なかなか、実際に髪を切ることはできませんから」

「本来なら、僕が女性だったらよかったんだろうけどね……そうだ。もしよかったら、ここで女性の髪をカットしてもいいよ。ついでだから、本物の美容室みたいに改造しちゃおうか。洗髪もパーマもできるようにしたいね」

「でも、すごくお金がかかりますし、わたしだけそんな贅沢《ぜいたく》をさせてもらったら、バチが当たります」

「じつはね、前から、きみのために何かしてあげたいと思っていたんだ。もちろん、鏡をつけたのも、その一環なんだけどね」

「でも、喫茶店で働かせていただいているだけで恩があるのに、そこまでしてもらったら……」

「いいんだ。僕には今、比較的お金がある。喫茶店が当たったのも半分はきみのお蔭だしね。生きているうちに、有効利用したいんだ。僕が生きているうちに、きみが独立する機会があったら、そのときはできるだけの資金提供をさせてもらうよ……遠慮しないで、受け取ってほしい。僕はきみにとても大切なものをもらった。第二の人生の生き甲斐《がい》といえるほどのものだ。だから、その分を、きみに返したい。僕みたいな歳の男が若い者より持っているものとしたら、唯一《ゆいいつ》お金しかないんだ。頼む、そうさせてくれ……だからといって、きみを拘束《こうそく》するつもりはない。僕がいやになったら、去っていけばいい。そのことで、僕がきみを追いかけたり、非難したりはしない。そうしてくれないか……」

沙耶香は無言で、恭一郎の髪をととのえはじめた。そのとき、右腕に下腹部のふっくらとしたものが触れるのを感じた。椅子の肘掛けに腕をかけていたから、偶然かと思った。しかし、そうではなかった。

沙耶香は髪を梳《す》きながら、恥丘をさりげなく擦りつけてくる。鏡に視線をやると、チュニックの下のズボンの下腹部が、完全に肘に触れていた。そして、腰がくなり、くなりと揺れている。

（意識的にやってくれているのだな！）

考えたら、さっきの提案に沙耶香が「お願いします」と答えるのは、余りにも露骨でできないのだろう。沙耶香はその気持ちを、この秘めやかな行為で表しているのだ。

下腹部を離した沙耶香は仕上げにかかり、細かい部分も丁寧に櫛とハサミでととのえると、

「できました。まずはこれが最初のお誕生日プレゼントです。いかがですか？」

鏡のなかの恭一郎に語りかける。

「いいね。すごくいいよ。これからも、散髪は沙耶香にお願いするよ」

「よかった。わたしがずっと恭一郎さんの髪をカットしてあげます」

沙耶香はうれしいことを言って、切った髪が散っているカットクロスを外した。

「これも、古希のお祝いです……」

急に艶《なま》めかしい目をして、沙耶香は椅子の前にしゃがんだ。

恭一郎のズボンとブリーフをおろして、足先から抜き取っていく。すでに、勢いよくそそりたっているものを見て、いつものようにうれしそうな顔をした。

いきりたちをつかんで、チュッ、チュッと亀頭部にキスを浴びせる。それから、裏すじの発着点を舌でちろちろと刺激しながら、恭一郎を見あげてくる。

「ああ、すごくいいよ」

恭一郎が伝えると、沙耶香はにこっとして、舌をさらにいっぱいに出し、ぬめ

ぬめざらざらした舌で硬直を舐めてくる。

（ああ、気持ち良すぎる……俺以上にラッキーな男はいない）

妻を亡くしてヤモメ暮らしだった高齢の男が、喫茶店を改装オープンしてからは、いいことばかりが起きる。

恭一郎は故郷に戻り、昭和レトロ風喫茶店で昭和歌謡を絶えず流していた。

懐かしい楽曲は当時の記憶を呼び覚まし、恭一郎が愛した女性たちの記憶までもよみがえらせた。それが、現実にいる女性に「似ている」という錯覚を想起させて、恭一郎は、現実の女性に過去の恋人をダブらせる形で愛した。

だが、今はそういう段階ではなくなっている。思い出が残る歌謡曲の力を借りずとも、池田沙耶香を愛することができている。

今日、人生の節目である七十歳、即ち古希を迎えながらも、自分の分身は力強くいきりたっている。

それも、すべて池田沙耶香との出逢いからはじまった。

美容師の白い制服をつけた沙耶香は、前にしゃがんで、一生懸命に恭一郎の勃起を頬張ってくれている。

右手で根元をぎゅっと握り、しごきあげながら、唇を先端にかぶせて、雁首に

引っかけるようにすべらせて、

「んっ……んっ……んっ……」

と、くぐもった声を洩らす。

ピッチがあがり、咥える深さも増すと、恭一郎はこらえきれなくなって、

「そろそろ沙耶香とつながりたい」

思いを告げた。

沙耶香は、ちゅるっと勃起を吐き出して立ちあがり、一瞬のためらいの後に、下のズボンを脱ぐ。白い美容師用のパンツとともに、シルクベージュのパンティもおろして、足先から抜き取る。

それから、白いチュニックの上着の裾を引っ張ったものの、短すぎて下腹部を隠すには至らず、漆黒の翳りがちらちらと見え隠れする。

恭一郎は椅子から降りて、沙耶香の背中を鏡に押しつける形で立たせ、片足を途中まで持ちあげた。

潜り込むようにして、繊毛の奥に舌を走らせる。スーッとひと舐めしただけで沙耶香は、

「ぁあああ……」

心から感じている声を放つ。

さらに、狭間の粘膜に舌を走らせ、クリトリスを舐め転がすと、

「ぁああ、恭一郎さん、気持ちいいの。いつもこうなっちゃう……ぁああ、もう我慢できない。恥ずかしいけど、我慢できない……ぁああ、欲しい。恭一郎さんのアレが欲しい」

沙耶香が喘ぐように言う。

「アレって何？　ちゃんと言いなさい。いつもの言い方で」

「……ぁああ、意地悪なのね。オチンポよ。恭一郎さんのオチンポ」

「じゃあ、オチンポって何度も言いながら、自分でオッパイを揉みなさい」

「……ぁああ、ほんとうにエッチなんだから……ぁああ、オチンポ、オチンポ、オチンポ……恭一郎さんのオチンポが欲しい。入れてください。オチンポよ。入れてください」

沙耶香のアソコに入れてください」

「アソコって？　ちゃんと言いなさい」

「ああ、オマンマンよ。沙耶香のオマ×コよ……ぁあああ、もう許して……おかしくなる。欲しくて、おかしくなる……」

「どういう体位がいいのかな。自分でやってごらん」

言うと、沙耶香は鏡に両手を突く形で、後ろに腰を突き出してきた。

恭一郎は真後ろに立って、背中を押す。

すると、白いチュニックの制服が張りつく背中がしなり、充実したヒップがこぼれでてきた。

まだ二十歳の尻は釉薬《うわぐすり》をたっぷりかけた陶磁器のような光沢を放ち、ぷりんと張りつめている。

沙耶香がもどかしそうにヒップを突き出してくる。

恭一郎はいきりたちで沼地をさぐりつつ、腰を静かに引き寄せた。

すると、切っ先が熱く蕩《とろ》けた粘膜を押し広げていき、

「ぁあああ……！」

沙耶香ががくんと頭を後ろに反《そ》らせる。

「おおぅ、くっ……！」

恭一郎も奥歯を食いしばらないといけなかった。

あのとき、ひさしぶりに沙耶香の体内に射精できて、それからも、調子が良ければ、膣に出せるようになった。

自分は復活した。男として、いや、オスとしての本能を取り戻したのだ。

左右のくびれたウエストをつかみ寄せて、ゆったりと打ち込んでいく。

よく締まる膣をギンとした分身がうがち、その粘膜を擦りあげていく、まったりとした感触がひどく気持ちいい。

「ぁああ、ああ、気持ちいいよ……蕩けていくわ。わたしのオマンマン、とろとろに蕩けちゃう……ぁあああ」

沙耶香が顔をのけぞらせたとき、鏡に自分の表情が間近に映っているのを見たのだろう。どうしていいのかわからないといった顔で、目を伏せた。

恭一郎はもっとエキサイトしたかった。ほんとうに昂奮しないと、射精には至らないのだ。そのためには、自分の欲望に素直になることだ。

恭一郎は前に手を伸ばして、チュニックのセンターを走っているファスナーを引きおろした。スムーズにおりて、その隙間からブラジャーを押し上げる。

転げ出てきた乳房を揉みしだきながら、後ろからじっくりと嵌《は》めていく。

直線的な斜面を下側の充実したふくらみが押し上げている、生意気そうな美乳を揉みあげながら、コーラルピンクの乳首をつまんで転がす。

それをつづけるうちに、沙耶香の気配がさしせまってきた。

「ぁああ、もう、もう、ダメっ……」

「ダメじゃないだろ。ほんとうは気持ちいいんだろう」

「はい……はい……ぁあああ、おかしいんだわ。わたし、おかしくなってる……あんっ、あんっ、あんっ……！」

恭一郎が乳房を揉みしだきながら後ろから突きあげると、沙耶香が悩ましい声を放つ。

そして、視線を向けると、恭一郎の前の鏡には、池田沙耶香を後ろから犯している白髪の男が映っている。

こうして見ると、沙耶香が若い分、恭一郎の老いが際立《きわだ》つ。

このまま年月を重ねるだけ、沙耶香はどんどん美しく成長して、女っぷりもあがるだろう。それに対して、恭一郎は今日、古希を迎えた。七十歳を過ぎると、男は急速に老け込む。

一年ごとに恭一郎は年老い、沙耶香は女っぷりをあげていき、やがて、恭一郎は勃たなくなり、こうやって貫《つらぬ》けなくなる。

それは目に見えている。今、自分は天国にいるが、早晩地獄へと急降下していくだろう。

禍福《かふく》は糾《あざな》える縄のごとし——。

しかし、たとえ地獄に落ちようと、今が良ければいい。

考えすぎれば、せっかくの悦びを逃してしまう。所詮《しょせん》、快楽は刹那的《せつなてき》なものなのだから……。

恭一郎は後ろから抱え込むようにして、双乳を揉みしだきながら、背後から突きあげた。徐々にピッチをあげていくと、

「あんっ……あんっ……あんっ……ぁああ、ゴメンなさい。わたし、イキそう……すごくイキやすくなってる……ぁああ、ぁあああああ、イキそう」

沙耶香が顔をのけぞらせる。

「僕もだ。すぐに放ちそうだ。いいのか、今日、出しても大丈夫なのかい？」

「はい……ぁああ、欲しい、欲しい！　恭一郎さんの白濁したものが欲しい。出してください。かけて……沙耶香のなかにかけて……あの匂う男のしるしが欲しい……ぁあああ、へんよ、へん……恭一郎さん、助けて、イキそうです！」

沙耶香が切羽詰《せっぱつ》まった声をあげて、背中を弓なりに反らし、鏡を両手の指でつかんでいる。

「沙耶香、行くよ。出すよ……おおおお！」

射精したい一心で連続して抜き差しをすると、待ち望んだ、あの瞬間がやって

きた。

表層の薄いところをマグマが突き破っていく。狭い箇所を、熱いマグマがひろげながら通って、迸っていく。

恭一郎が放出しながら、ぐいと下腹部を突き出したとき、

「ぁああ、イクぅ……！　あっ、あっ、あっ……」

沙耶香は、がくん、がくんと痙攣《けいれん》しながら、鏡面を伝うようにして床に崩れ落ちていった。

※この作品は双葉文庫のために書き下ろされたもので、完全なフィクションです。

双葉文庫

き-17-73

レトロ喫茶《きっさ》の淑女《しゅくじょ》たち

2025年1月15日　第1刷発行

【著者】
霧原一輝《きりはらかずき》

【発行者】
箕浦克史
【発行所】
株式会社双葉社
〒162-8540 東京都新宿区東五軒町3番28号
［電話］03-5261-4818（営業部）　03-5261-4831（編集部）
www.futabasha.co.jp（双葉社の書籍・コミックが買えます）
【印刷所】
中央精版印刷株式会社
【製本所】
中央精版印刷株式会社

【フォーマット・デザイン】
日下潤一

ISBN978-4-575-52822-0 C0193
Printed in Japan

霧原一輝　居酒屋の女神
書き下ろし長編
SEXレースエロス

おじさん5人は、すっかりゴブサタな現状を憂い、皆で「セックス積み立て」を始めた。いち早くセックスできた者の総取りなのだ！

霧原一輝　女体、洗います
オリジナル長編
浴場エロス

スーパー銭湯で今も活躍する伝説の洗い師に弟子入りした23歳の洋平は洗っていたヤクザの妻とヤってしまい、親方と温泉場逃亡の旅へ。

霧原一輝　マドンナさがし　温泉旅
書き下ろし長編
ポカポカエロス

松山、出雲、草津、伊香保、婚活旅をする男ヤモメの倫太郎、54歳。聞き上手だから各地で「身の下」相談に。GO TO湯けむり美女！

霧原一輝　蜜命係長と　島のオンナたち
書き下ろし長編
ヤリヤリ出張エロス

会長の恩人女性をさがせ！　閑職にいる係長に出世の懸かった密命が下る。手がかりはなんとイク時だけ太股に浮かぶという蝶の模様だけ！

霧原一輝　PTA会長は　官能作家
書き下ろし長編
夜の活動報告エロス

山村優一郎は突然、小学校のPTA会長に推挙された。なってみると奥様方の派閥争いに巻き込まれ、肉弾攻撃にチンコが乾くヒマもない！

霧原一輝　部長夫人と　京都で
書き下ろし長編
イケない古都　しましょエロス

頼りない男で童貞の23歳、小谷翔平は部長の家で奥さんと懇ろになり、ついには秋の京都へ不倫旅行。その後、まさかまさかの展開が！

霧原一輝　蜜命係長と　女スパイ
書き下ろし長編
企業秘密に　カラダを張れエロス

リゾート開発プランがハニートラップによって盗まれた！　かくなる上はハニトラを逆トラップにかけるまで！　刺客はどの美女だ？

霧原一輝　海蛍と濡れた
アソコの光る町
発情サインが
見えちゃう
長編エロス
春樹はある日海蛍が光る海で転倒。するとなぜか発情中の女性の下腹部が光って見える特殊能力が備わった。オクテな春樹も勇気ビンビン！

霧原一輝　桜の下で
開く女たち
棒艶ズーム
長編エロス
カメラマンの井上は撮影で桜前線を追いかけているが、各地で美女たちと巡り合い、ズームレンズだけでなく、股間も伸ばしてしまう。

霧原一輝　湯けむり若女将
跡取り息子の嫁探し
長編エロス
実家の温泉旅館を継ぐ予定の芳彦に課せられた使命は「半年以内に若女将となる女性を射止めること」。そこからしっぽり7人とセックス！

雨宮慶　助手席の未亡人
オリジナル
官能短編集
W不倫中の男女が事故で亡くなった。「遺された夫」は「遺された妻」に接近した。二人のやるせない思いが狂おしき情交を生み出した！

雨宮慶　美人上司とにわ
か雨
オリジナル
官能短編集
芙美子は智彦にとって憧れの上司。にわか雨にあった二人が雨宿りしたのはたまたまラブホテルの前だった。中に入って、中にイレたい！

雨宮慶　未亡人の息遣い
オリジナル
官能短編集
准教授である幸音はお固い。未亡人になった幸音を大学の同級生の沢崎がロックオン。強引な手で口説き落とすと幸音の意外な願望が……。

雨宮慶　人妻と嘘と童貞
オリジナル
官能短編集
妻が若手従業員の童貞を奪い、ヨガりまくるのを覗いて社長の男は大興奮！　旦那公認の背徳的な情事の裏側にある意外な真実とは？